风起江南

陆春祥 主编

俞天立——著

素手调艺

文匯出版社

图书在版编目(CIP)数据

素手调艺 / 俞天立著. —上海:文汇出版社,
2020.11

ISBN 978-7-5496-3381-4

Ⅰ.①素… Ⅱ.①俞… Ⅲ.①散文集-中国-当代
Ⅳ.①I267

中国版本图书馆 CIP 数据核字(2020)第 237592 号

素手调艺

著　　者 / 俞天立
责任编辑 / 吴　华
装帧设计 / 力扬文化

出版发行 / **文匯**出版社
　　　　　上海市威海路 755 号
　　　　　(邮政编码 200041)
经　　销 / 全国新华书店
排　　版 / 成都力扬文化传播有限公司
印刷装订 / 成都兴怡包装装潢有限公司
版　　次 / 2020 年 11 月第 1 版
印　　次 / 2020 年 11 月第 1 次印刷
开　　本 / 880×1230　1/32
字　　数 / 200 千
印　　张 / 8

ISBN 978-7-5496-3381-4
定　　价 / 40.00 元

总序：千万和春住

陆春祥

1

十一世纪下半叶的北宋，春末江南，在越州任职的王观，要送一位朋友回浙东，朋友叫鲍浩然。满树清叶，香味扑鼻，江南春色撩人心魄，王观吟出了新奇的《卜算子》送别词：

水是眼波横，山是眉峰聚。欲问行人去那边？眉眼盈盈处。

才始送春归，又送君归去。若到江南赶上春，千万和春住。

鲍兄呀，您要去哪里呢？是不是前面远方的山水间？那水，如美人流动顾盼的眼波；那山，如美人蹙促凝结的眉毛，浙东山水，让人满心欢喜，您应该心情大好才是。今天，我送春又送友，但一切都是短暂的，春去春又归，兄去兄再来，兄下次来时，千万要赶着春的脚步，我们拥春入怀，我们一起留住春天！

2

江南的春，千种态，万种色，古往今来，无数文人为之倾慕，为之吟咏。浙江的山水，恰如王观所绘，皆在眉眼盈盈处，精致而妩媚间，透显出不露痕迹的英气。

金"文"字形的四条山水诗路带，将整个浙江变成了诗与画。

那些生动的诗文，将浙江大地编织成五彩的经纬。左长撇，大运河诗路、钱塘江诗路：千年古韵、江南诗路、风雅钱塘、百里画廊。右长撇，右长捺，浙东唐诗之路：兰亭流觞，天姥留别。左捺，瓯江山水诗路：山水诗源、东南秘境。毫不夸张地说，浙江山水的筋骨和表皮，就是一首首诗文的颂歌。

单说浙东唐诗之路。

从地理角度观察，"浙东唐诗之路"的干线和支线，自钱塘江畔的西陵渡（现在叫西兴）开始，过绍兴，经浙东运河、曹娥江至剡溪，至天台的石梁。新昌的天姥山景区、天台的天台山国清寺等均是精华地段。支线还延续至台州以及温州，跨越几十个县，总长达千余里。

从诗歌史上统计，"浙东唐诗之路"，有451位诗人，留下了1505首诗篇。我们再将这些数字立体化：《全唐诗》收载的诗人2200余人，差不多有四分之一的诗人来过浙东；唐时，浙东的面积只占全国的七百五十分之一。还有一个数字，《唐才子传》收录才子278人，上述451人中就有173人。众多的诗人，还是高水平的诗人，为什么如此集中地歌唱这片窄窄的山水呢？

仅凭浙东浓郁的魏晋遗风，就让这批诗人如过江之鲫，纷纷而来。

活跃在政治、文化、道教、佛教舞台上的许多人物，都在这片土地上居住着，他们犹如魏晋星空中闪亮的明星，照耀大地。旧史有称："今之会稽，昔之关中。"说的就是能够影响东晋政局的士族。这些士族，有许多都居住在会稽。干宝、郭璞、谢安、谢道韫、谢玄、谢灵运、王羲之、王献之、曹龙、顾恺之、戴逵、葛洪、王导、桓温，人人有名；政治家、军事家、玄学家、文学家、书法家、画家、天文学家，家家有名。

另外，"佛道双修"的"山中宰相"陶弘景，隐居天台山与括苍山多年；著名道士司马承祯在天台山隐居三十年；高僧智顗，集南北朝各佛家学派之大成，在天台山南麓国清寺创立天台宗；高僧支遁，在剡中沃洲创立著名寺庙。

谢家的两位，谢安和谢灵运，让李太白也佩服得五体投地，一曲《梦游天姥吟留别》，将浙东唐诗之路高腔定调。我仿佛看见，唐代的天空下，一个个诗人，在李太白美梦的召唤下，涉水爬山，神情笃定地行走在来浙东的路上。

还有浙西唐诗之路。

船经富春山，永嘉太守谢灵运，看见四百岁的严光，高坐在钓台上，悠闲地看天，看鸟，看云，无比羡慕，一连写下数首敬仰的诗，《富春渚》《夜发石关亭》《初往新安至桐庐口》《七里濑》。他敬仰高士，他敬仰富春江山水，他的诗，开了中国山水诗的先河。

谢的山水诗，对唐代的众多诗人，又是另一种指引。据董利荣先生的不完全统计，向严光表达敬意的唐代诗人就有 70 多位，洪子舆、李白、孟浩然、孟郊、权德舆、白居易、吴筠、李德裕、张祜、陆龟蒙、皮日休、韩愈、吴融、杜荀鹤、罗隐、韦庄，包括曾在睦州做过官的刘长卿、杜牧，隐居桐庐的严维、贯休，还有桐庐籍诗人方干、徐凝、施肩吾、章八元、章孝标、章碣等，是他们，织起了一条绚烂的唐诗西路，诗人们借景抒情，借人抒怀，严光在桐庐富春山的钓台，几成了赛诗台。

这还只是说了唐代，还只是说了两条水路。浙江的山水，真的是处处眼波，眉目盈盈。

3

现在，我们以激情抒写的方式向江南大地，向浙江山水致敬。

王键的《自然物语》，以四季为经，以个人对景色、物候的理解和体验为纬，融以复杂的世相、斑驳的人生、深刻的思索，编织成一个五彩的世界，花鸟虫鱼，晴霜雨雪，物物事事，就是自然。

沈小玲的《一朵花的神话》，兰花桂花菊花，荷花樱花水仙花，贝雕花瓷器花蓝布花，笑容花旗袍花诗经花，有形花无形花，一花一世界，花朵里有灵性的魂魄，世界中有曼妙的神话。花通华，花朵里也可见一个民族之心性。

孙缨的《羊未的一天》，一日贯四时，四时里均是碎碎的家常。行走的四时，思考的四时，还有延伸拉长时光的四时，先辈的鲜血，家国的情怀，久痛的记忆，深切的怀念，一切皆成四时固定而生动的图符。

邱仙萍的《向泥而生》，极强的比喻象征意义。大地上的一切都是泥土给予，欢笑和浪漫，尴尬和愤怒，悲哀和苦痛，繁荣和衰败，新生和死亡，所有的发生，都在阔大无垠的大地上成了过往。读懂泥土，就是读懂人生。向泥土致敬。

俞天立的《素手调艺》，从铜器石头中读出拙朴，从淡墨线条中读出厚重，从竹艺木器中观出风骨，从各种吃食中品出神秘，百工百器百艺，数千年来中国人的普通日常，中国传统文化的汩汩源泉。素手不素，艺冠天下和古今。

吴合众的《万物藏》，一种新的山海经，二十四节气的哲学化诠释。从一粒种子到一粒种子，时光在新轮回中完成了对大地山河的崇高致敬。独特的个人体验，又使得轮回的时光生色。天生一，一生水，万物终将归于隐和藏。

4

江南处处时时都是春天。这个春天过后，很快就会迎来下一个春天，再一个春天，又一个春天，春风骀荡，春水初生，春山永远，只要我们的心里有春，你的眼前，便永远都是春天。

在思索的文字中长久停留，抬头远望，远方，远方的远方，又有新的风景升起。

我心春日永驻。

风已起江南，我们再次出发吧。

是为序。

庚子荷月

杭州壹庐

目录

Chapter 03 ｜　第三卷　艺苑风华

Chapter 04 ｜　第四卷　生活艺趣

Chapter 01 | **大师匠心**

第 一 卷

V

铜艺大师的禅定

在河坊街不经意地一瞥，老了时光，暖了心房。

江南朱家铜屋，像是记忆里的一次邂逅，唯美得热烈而诚挚。

走上古铜色的台阶，沐浴在铜雕万千光芒落下的丝缕里，我轻呼着它们的名字。它们似乎在用一种艺术语言告诉我，这里便是中国工艺美术大师、国家级非物质文化遗产传承人朱炳仁先生的"梦工场"了。铁魂铜魄，匠心艺胆，大师的一双妙手铸就了这满满一屋子的传奇。走马灯似的铜烟杆、铜关羽、铜观音……真的，满屋子都是它们的气息，满屋子都是它们的声响，让我已来不及呼吸，来不及聆听。

我在一尊微缩版铜铸雷峰塔前驻足品鉴。古铜色的胎体，像是农人的肌肤，朴素而自然。八角形的阁楼，飞檐翘角下的风铃，栩栩如生的形态在我眼前闪烁。这里有白素贞的生命，也有以塔为家的生命——恍惚间，铜铸铁浇的屋子里泛起了西湖潋滟的波光，南屏晚钟声中唤回了归鸟。高耸的塔顶，入云的塔尖，那是朱炳仁老先生的指尖呀。

公元 977 年，吴越王钱俶为庆祝黄妃产子，在西湖南岸夕照山上建起的这座塔，寄寓了多少江南烟雨般的迷梦。文人墨客竞相瞻望，演绎出西子湖畔千年不绝的古老传说。走过了多少春秋，历经了多少繁华，曾经久负盛名的千年古塔，却终究不敌历史的风尘，于1924年一夕之间轰然倒塌。进入21世纪，朱炳仁第一个站了出来，提出以彩铜工艺重修雷峰塔，却遭到了广泛的质疑。苏堤晓风，钱塘一梦，现代工艺究竟能否重铸江南古塔的辉煌？280吨铜，近两万片铜瓦，数年的打磨。他用双手告诉了所有人，他做到了。

我仿佛看到了，在揭开雷峰塔铜匾的那一刻，他眼角噙含的泪水。

不禁想起贝聿铭在卢浮宫建成玻璃金字塔的那一瞬，霸气地回击所有的质疑，"假钻石"也可以是真艺术。

我曾有幸拜谒过重修的雷峰塔。高僧开光的铜匾，就张挂在塔身上。启功先生题写的"雷峰塔"三个铜字雄浑遒劲，分明熔铸着大师们的艺魂，那挺峻俨然的气势，摄人心魄。金光灿灿的铜匾依偎着巍然耸立的雷峰塔，那是白娘子和许仙的肌肤相亲，凄美的爱情故事回肠荡气，我沉醉了，陶然了。

在铜屋里流连，艺术的光芒轻随着。朱色的同源桥模型忽而映入眼帘，那单孔桥仿若卧龙般匍匐着，吐纳着华夏上古神祇的气息。一叶轻舟从桥洞中依稀穿过，摇曳着，荡漾着。游人坐在船头，听波光粼粼的水面飘来的悠悠船歌；和着歌声桨橹声，把一江春色酿成一坛陈年花雕，酒香四溢……

这真的是一件铜艺，还是一场梦境？

这件用铜10吨、桥长近10米、桥洞跨度2米的铜桥工艺品，为朱炳仁亲手设计锻铸，2007年由杭州灵隐寺赠送给了台湾中台禅寺。他用手中的这座有形之桥，架起了海峡两岸的无形之桥，借着双手表达了一位艺术家对两岸和平的美好愿景。桥身的一侧镌刻着灵隐寺木鱼法师的诗句：

> 西湖桃柳喜逢春，燕子将归认主人。
>
> 拂面和风生暖意，山光水色见精神。

另一侧刻的是台湾中台禅寺惟觉法师的诗句：

> 金桥庄严通两岸，迷悟即在一瞬间。
>
> 悟时登桥到乐土，迷时寻找桥不现。

多么心心相印的应和，仿若俞伯牙与钟子期的高山流水，赵明诚与李清照的琴瑟和鸣。把艺术做成社会责任，达致和合理念，便是艺术家脱俗的高境了。一双手再精巧，做成的艺术品再精致，若缺乏超脱艺术格局的理解和感悟，是很难有生命力的。

艺术，不仅需要钻进去的坚定，更需要走出去的魄力。

参与 G20 杭州峰会场馆建设，是朱炳仁勇于攀登的又一座艺术高峰。无论是中式斗拱元素，抑或是水墨画风的铜门，还是代表经典国礼的摆件，无不展现出细腻隽永的江南韵味、雍容华贵的中国气派。为这家门口置办的大喜事，朱炳仁、朱军岷父子用上了他们祖传的独门绝技"金星铜"制作工艺。

100 个日夜，100 吨铜，无数的心血与汗水。朱氏父子率数百铜匠精工细作了峰会主场馆"四梁八柱"1 万平米铜饰面。吊顶外圈是 108 个流线型紫铜连心斗拱，与午宴厅的宇宙苍穹遥相呼应，成三阶跌落，每阶 36 拱，首尾相扣，代表着团结联动的强大力量。巨型铜雕壁画《遥望》，由朱炳仁耗时半年倾力打造，以胡雪岩故居为创作原型，成为主会场宴会厅的一道风景。尽管铜面经过多层次氧化，可渲染出多种色彩，但朱炳仁团队所设计的铜饰，以古铜色为主基调，颠覆了传统的创作模式。朱炳仁说，古铜色源自炎黄子孙的肌肤，诠释着健康、汗水和荣耀，表达了中国文化独有的内涵和情感。所有这些巧夺天工的铜铸艺术精品，让峰会嘉宾们见识了大国工匠的非凡创造力，也为朱家铜屋添上了华彩一笔。

朱炳仁先生不仅铜艺十分了得，在书法、雕塑、建筑等艺术领域也颇有建树。他的个人书法展正在铜屋挂轴开示。苍古的三两枯笔，像是一杯浓酽的古树普洱，润泽了我的心田。老墨在他的笔下横生出千变万化，如同梭罗笔下印第安人采来的紫柳，透发出苍古质朴、自然绵邈的气息。

"茶禅一味。"我默念着他的字，品饮着他笔下的这杯"茶"。

尽管已是国家级非遗传承人，他依然欣欣然耕作着他的这方土地。柜子里安放的那些铜茶壶、铜茶杯透露了他的心语，他一心想要达成创作时那一刻的禅定。即便是一枚小小的泡钉、铺首，他也一丝不苟地去锻铸打磨。这是匠人的语言么？这语言听来如此严谨，如此良善，如此让人怦然心动。没有复杂的言说，简单的一个眼神、一个动作，便让人读懂了艺术的真谛。

艺术创作，绝对是可以让人禅定的。不必理会世事的波澜，也不必理会世俗的目光，安静地望着手中的小生命呱呱坠地，培育、滋养、呵护，就一定可以牵着她的手走上时代的红地毯。原来，我们的双手可以如此有力，我们在用一颗不老的匠心锻造艺术生命的同时，也在锻造着自己。

从朱家铜屋出来的时候，晴空如洗，西湖似镜。忽然记起了孟浩然的一句诗："看取莲花净，方知不染心。"

指尖舞者

"有时候用语言很难去描述一个国家、一个民族的魅力在哪里，手工艺品却可以。"这是一位爱好中国艺术的外国友人的诗意表达。

你信吗？在杭州，一家看似不起眼的民间手工作坊，它的泥塑作品被作为国礼赠送给了出席 G20 杭州峰会的领导人；而这些国礼竟出自一群残疾人之手。

这家出手不凡的民间泥塑作坊便是杭州乐漫土创想俱乐部。它的掌门人是一位看似柔弱的女子——吴小莉。日前，我来到运河岸边、拱宸桥旁的乐漫土工作室，探访她的那些"小玩意"。

走进她的工作室，仿佛走进了一个艺术殿堂，满眼尽是栩栩如生的泥塑作品。我注意到，架子上有一件微缩乐漫土工作室的泥塑，就连室内的陈设、廊庑的盆栽也十分逼真，不觉惊叹连连。工作室木结构的房间并不显大，古色古香，摆满了各式泥塑作品——它们或陈列在窗台上，或置放在书桌上。那一盆盆多肉植物、一瓶瓶花卉绿叶，真的是泥巴捏的么？还有那些鸡鸭鱼虾、四季水果，你确定只是泥胎？那真的是可以用两只手做出来的东西？

我简直怀疑我的眼睛了，忍不住用手掂了掂这些几可乱真的泥塑作品。始则信之，继而赞叹。

其实，这些手工艺品对这里的匠人们来说，似乎只是名厨做的一道家常菜。最令他们引以为傲的得意之作，莫过于为 G20 杭州峰会领导人精心设计制作的肖像作品了。

俄罗斯总统"普京"面带微笑，挥起右手致意，右肩上停着一只白鸽，手中捧着中国牡丹花，身边则是俄罗斯的国花——一丛向日葵……同时和"普京"一起在工作室里诞生的，共有 21 位参会"领导人"。这组名为"世界和平梦"的群塑，是吴小莉带领团队的"指尖舞者"们，花了两个月时间，用黏土捏塑的方法塑造的。

对于这组捏塑，她向我解释说，领导人手中是中国牡丹花，身边则是本国国花，象征着友谊；肩上的白鸽，脚下的世界地图，象征世界和平。"我们希望能展现'构建创新、活力、联动、包容的世界经济'的峰会主题。"

"乐漫土"捏的是泥，换来的却是"金"：《世界和平梦》G20 峰会领导人肖像作品获得 2016 年中俄艺术交流金奖、《运河魂系列》捧得 2016 年"中国手艺"创意设计比赛最具传承匠心奖；《民族魂——56 个民族系列人物捏塑作品》赢得 2015 年中国（杭州）工艺美术精品博览会金奖。

"点泥成金"的神话，需要一双妙手，更需要一颗素心。

吴小莉示意我坐在她的对面，为我泡上了一杯白茶。她讲起了她的创业故事，时间在她的讲述中变慢了。

15 岁的她，父亲重病，在那个人人争当万元户的年代，他们家成了欠债万元户。为了医治父亲的病，还未念完初中的她选择了辍学，背井离乡外出闯荡。拿着从亲戚朋友处七拼八凑的 70 元钱，她在料峭的晨风中，回望母亲含泪的眼神，满怀希望地来到了杭州。当保育员、做上菜员，甚至为了在卖烫伤药的老板处兼职，不惜用自己的肉试了烙铁，以向客户证明伤药的疗效。

打工，赚钱，被骗，一次次跌落人生低谷。她开过茶馆，却因区位选择不当巨亏30万元；创业失败的她，又惨遭车祸。好不容易，她开了一家咖啡馆，可正当生意兴隆之时，不料惹上官司而血本无归。沉沉浮浮，起起落落，这个倔强的山里妹子再一次选择了创业，重新找到人生的方向，创办了这间泥塑工作室，立志要用指尖技艺帮助残疾的兄弟姐妹就业创业，一些有志向的残障人士纷纷慕名投奔这个温馨有爱的家园。

"人生无常，人在大千世界里就像一粒尘土。残障人士，其实和我们是一样的人，他们不需要同情，只是更需要关爱。"

她说，对于残疾人，社会上给予的机会实在太少。她希望通过职业培训让他们拥有一技之长，建立自信，走向社会。

她认为社会上有两种残疾人，一种身残，一种心残。她希望通过身残志坚的人去激励社会上更多的人自强不息。

她摆弄起旁边的一些小物件，仿佛在抚摸着自己的孩子。她的表情就像是一碗老白茶，清清淡淡。

"工作室取名乐漫土，寓意快乐浪漫净土，我只想耕耘好泥塑艺术。"

她柔柔地说着，淡定，优雅，自信。

她给我看她写下的文字作品和日记。我十分诧异，这样一个连初中都尚未毕业的女子，竟然写了上百页的心灵文字。

收容残障人士，教给他们泥塑的技巧，把他们培养成泥塑艺人；教授幼儿园、小学的小朋友泥塑课程，培育他们的艺术修养……点滴的努力都在她的日记中书写着，见证着她对这个社会的善意付出。

她说，对于残疾人来说，他们不是学不会生存技能，缺少的只是人格尊重和机会公平。在"乐漫土"，不管员工存在哪方面的身体残障，都一视同仁，叫作"福宝宝"。

有位 28 岁的智障男孩叫聪聪，曾经的他是一个生活自理能力都非常欠缺的人，连洗澡都要父亲提醒、帮忙。吴小莉对他父亲说："对孩子的爱不是溺爱而是训练，把聪聪交给我，相信我并配合我。"她带着他买菜、做饭、洗衣、整理店里的卫生，培养他的自理能力并融入团队。经过三个月左右的训练，健全人能够做的事情聪聪基本都会了，现在他顺理成章地成为了新来的智障孩子的泥塑老师。聪聪爸爸含泪告诉她，"乐漫土"是聪聪人生的起点站。

"爱，不是溺爱，而是训练。"我反复咀嚼着她的话。

她让助手拿来一块泥。这种泥是树脂泥，非常利于塑形。她去厨房洗了手，便从泥团上摘了一小块，两手不停地揉搓，圆圆的形状渐渐出来了。她又将手呈夹角状揉捏，那泥巴就变成一头圆润一头尖尖。她停了下来，将泥巴拍成扁平形，又用指甲在圆润一头抠出一个小肉苞，一枚鲜活的多肉叶片就在她的手心里生长出来了。"只要把像这样的大小不一的多肉叶子用铁丝串起来，就是一个多肉盆栽泥塑了。"谈笑之间，那泥便有了灵魂，成为了她手中的一件艺术品。

真是无比神奇的杰作。仿佛这一间小屋子就是她的花圃，而她俨然是一位辛勤耕耘的园艺师。

她又过去拿了泥塑常用的工具。

"这是弯刀，压纹路用的；这是丸棒，可以压出花瓣的小凹槽；这是七本针，可以挑出草地的小草、鱼儿的鱼鳞……"

她说着便让我自己选一个艺术作品照着样试做。充满好奇心的我，忙不迭跟了她的女助手学做起小鲸鱼。

小姑娘也就十八岁上下的样子，手法却十分娴熟。她指导我将黄泥与白泥混合，用手指反复揉捏，将两种颜色混合成淡黄色。然后，两手夹着泥块反复揉搓，搓成两头一大一小，再拉出一条修长的尾巴，而后做出两个小尾鳍，用牙签蘸了胶水粘到尾巴上。

我倒是一板一眼照着做了，可总感觉不怎么像。

"哈哈，你做的中间都裂开了，搓的时候要用点力。"她笑了起来。

"来，我示范给你看。"她让我看着她的手，那泥巴不一会就成了鲸鱼的形状。我又照着她的示范用黑泥点了眼睛，用白泥做了瞳孔，一层层地粘贴在头部。

接着，她又教我做白色的水花。用剪子从圆柱形的白泥中间剪开四瓣，将之粘贴在头部，就成了鲸鱼头上喷出的泉柱。

"好了……"我终于长吁了一口气。原来，看似简单的泥塑其实并不简单，需要手部灵活的技巧与经验的完美结合。我的处女作，却是那样的稚嫩。

"没关系，你第一次做这个，已经很不错啦。"小姑娘倒是给了我宽慰的评价，但我通过切身体验深深悟到，要进入泥塑艺术的世界是多么的不易。

"上帝给我关上了一扇门，却给我开启了一扇窗，让我看见我来到这个世上最终的使命与责任。我的内心丰盛富足。感恩一切都是最好的安排。一切欣然接受。"

我静静地品读着吴小莉的文字，她的心语。

原来她的内心是如此丰盈。正是这种丰盈让她坚守着自己的理想，为了给残障人士开拓一条人生之路而不停奔跑着、求索着。她对于泥塑艺术的领悟已不仅仅是器物层面的，更上升到了精神境界。为何众人都为她的工作室连连点赞，我想既是为她精湛的艺术，也是为她人间的大义。

真的，这个社会需要更多个吴小莉，不仅仅能对残障人士"授之以鱼"，更能"授之以渔"。成功也好，失意也罢，人生总需要砥砺前行的勇气，没有人能够永远顺遂。

有情怀，就有乐土；有梦想，才有未来。"指尖舞者"坚守着艺术的良心，她的舞台足够广阔。

好壶是匠心

"壶里乾坤大，杯中日月长。"爱茶之人多爱壶，而茗壶之翘楚当推宜兴紫砂壶了。据传，清雍正、乾隆二帝饮茶品茗独喜宜兴紫砂壶，连打造采办都要朱笔御批"钦此"。拥有一把题款宜兴紫砂壶，配上一套紫砂文房清供，是多少文人雅士梦中所求。

紫砂壶终究是壶，只有遇上真正懂它的人，才是一件真正的艺术品。风雅莫过于在一城细雨中，把壶独饮，对壶神思，匠人般修补磨蚀的内心了。

我就是这样寻到宜兴的这家紫砂壶制作工坊的。它在陶祖圣境的深处、云烟袅袅的小院里，我轻唤着它的名字——林宣松。

穿过长长的雨巷，走进古雅的门房，一个清秀的小伙子正在专注地做着一把壶。他叫林炜，刚从工艺美术职业学院毕业一年。洁白的泥胎在他的手里旋转着，就像是听话的精灵。我表明了自己的来意，他放下手中的活计，热情友好地将我迎坐在木质的长条凳上，泡上一壶碧螺春。工坊里四处萌生的淡淡的艺术气息，和着紫砂壶自带的老韵，飘飘悠悠的，很好闻的味道。

对着几块白色段泥、三五制壶工具，我当起了"学徒"。他让我用类似半个擀面杖的"搭子"将一块段泥拍打成扁形，再以据车调整好刻度，用它顶端的小针在泥料上转出一个圆形的壶底。只用手轻轻一掰，那泥便听话似的分离了。

他在我前面坐下，拿着同样的工具，耐心教授我做壶的技巧。转一圈转盘，泥料在他的指尖流淌出岁月的古香，氤氲在空茫简静的雨巷里。

我又做起壶身。绕着段泥的四周不停地拍打，那条形状的样子便出来了。用分规照着刻度划开，把泥料分离成长条形，在壶底围成一圈；拿起竹签刀在接口处一划，蘸一点点泥水将切口粘合起来，就约莫有些壶的轮廓了。

可这还是远远不够的。那身桶顶端需要用左手三根手指抵着，右手拿着拍子轻敲身桶边缘，形成一个弧度，带起壶身旋转起来。显然，我的动作有些僵硬，始终转不动那壶身。林炜见状便示范起手部技巧来，我才算是有些明白过来。

曾经从《非凡匠心》中记住了一句话："无论世界多么嘈杂，匠人的内心始终是安静的。"他如痴的模样、专注的神态、细腻的手法，在向我诠释匠心的精髓。

他的壶上了壶盖，继而他用残余的泥料加水混合成糊状，捏制、粘合起当地人唤作"的子"的壶钮。林炜介绍道，这壶钮虽小，但有画龙点睛的作用，变化丰富，是茗壶设计的关键部位。常见的有球钮、桥梁钮、瓜柄钮、树桩钮、动物肖形钮。至于壶把，也是需要另外捏制的，得将紫砂泥搓成柔软的细条弄弯了粘到壶身上。看似简单的混水揉捻，却颇显匠人的功力。一招一式，在老泥料间穿梭出曼妙的舞步。不知觉地，壶身、壶把、壶盖、壶钮、壶嘴在指尖下逐渐拼合；拉坯、打磨、雕花、上釉、窑烧等历经十几道工序，那泥胎渐渐幻化，一件精美的艺术品诞生了。

对照我的壶和他的壶，方才知晓什么叫作云泥之别。

我停了手中的活，时间已不知觉过去两个小时，却足以令我觉着漫长了。听林炜讲起，艺人做一把壶费上一两个星期都不是事，这把壶不过是最原始的样式——让初学者上手罢了。

他的父亲做了一辈子的壶，艺龄比他的年龄还长。敬壶，已成为像他父亲那样的老艺人的一种生活方式，在他们的眼里，这比做壶更为重要。壶做疵了，他们宁愿打碎了重做，也不让一只"病壶"流出去。

李渔说："茗注莫妙于壶。"好壶，注定是为好茶而生的。紫砂壶是适合一生只侍一种茶的，透气性极好的壶能够吸附茶之真味，长久地保留当初那种茶香。或许正如人之一生，得一知己足矣。相对倾谈，相互倾慕，无所保留地把这颗心都交给你了。那壶那茶凝眸相望，无须华丽的语言，只消得那第一眼的倾心，便是一生一世之恋。

"瞬间倾心，恒久钟情。"记得陶喆这样唱过。

养壶，要养出壶身那种温润浑朴的光泽，得勤擦拭——让那带着茶香的水汽吸附于壶身之上，壶壁的细孔扩张，久而久之便可形成珠圆玉润的感觉。引壶为友，壶亦相守。日常的问候，三两的抚摩，感情不必你侬我侬，就像清晨叶片儿沾上的露珠，点点细微地让它知道——你，始终在身边。

我放下手中的工具，踱步来到陈列室——那里的红木架上，陈列着不少紫砂壶精品。这些壶大多是林炜父亲的作品，竹节壶、斗彩提梁壶、椭圆瓜式壶、描彩百果壶、描金瓜棱壶、凸荷莲纹壶、题诗烹茶图壶……只只精妙典雅，那些隐约凸起的彩绘犹如绢画般柔滑爽利。大师的作品总是有一种无声的语言，听着陌生而又熟悉，似乎多年前好友带笑的问候。

周国平说，真正打动人的感情总是朴实无华的，它不出声，不张扬，埋得很深。紫砂壶是有魂的，它不需要言说，却自然地贮满属于它和它的主人的传奇情缘。我想要把它的心语珍藏在这一窗雨声中，静静地聆听。

这雨，下得是越来越好听了，仿佛紫砂壶也听得愈发温润柔和起来。收工的林炜走了过来，拍着我的肩膀，似乎是在安慰我。他的手心还沾着余泥，青春的面庞如陶土一样朴实无华。"你知道吗，"他说，"紫砂壶最大的价值，在于手艺人本身的价值。紫砂壶是做壶人的人格象征，也是他们真正的价值所在。"

是啊，好壶是有生命的，它的生命是由艺人赋予的，连着的是一颗匠心。泥土里可以种出蔬菜、种出庄稼，也可以"种"出艺术，区别在于你有没有一双发现美的眼睛，有没有一颗创造美的匠心。匠心便是艺人的初心，最是可爱，最是可敬。

子承父业的林炜只是一个初出茅庐的制壶艺人，但只要他把父辈的匠艺、匠心心无旁骛地传承下去，普通的日子也能散发出光泽，就像紫砂壶上的那层釉色。

我好想静静地听着转盘的声音，看着新一代的"时大彬""顾景舟"向我微笑着走来……

石上春秋

　　石头和生命之间，往往只隔着一颗匠心。获得生命的石头带给我们的感动和思考，绝非只是它绚丽多姿的造型。

　　在浙江省博物馆观赏林如奎大师所作青田石雕《高粱》，像是打高粱地里走过，嗅闻着庄稼地的味道，黄的土、绿的叶、红的穗、蓝的天、白的云，大自然的调色盘此刻凝固成一尊五彩石雕。那只是一块石雕么？赤红色的谷粒，分明在眼前燃起熊熊火焰；透过那忽闪忽闪的火光，我分明看到的是农人山棱般的脊梁。他们布满老茧的双手收起一把把红高粱，沙沙的歌喉唱起悠悠的山歌。这，究竟是现实还是梦幻？美学家邓白称《高粱》是一首清新淳朴的田园诗，一阕最美的丰收赞歌。

　　我可以想象，老先生在创作的时候，定是熬尽了心血，依色取巧、镂雕打磨，将物象与石料完美结合，展示出石雕艺术鬼斧神工的魅力。一块石头在他手上蜕变成了一地庄稼，他创作的仿佛已不再是一尊石雕，而是一个鲜活的生命。我相信，他定然能听到高粱拔节的声音，感受到高粱蓬勃的成长。

　　如此精美绝伦、人见人爱的艺术品，和它的主人一样，也有着自己的故乡。

　　青田石自古以来便是"中国四大名石"之一。郭沫若说：

"青田有奇石，寿山足比肩，匪独青如玉，五彩竞相宜。"青田石雕以青田县所产优质叶蜡石作雕刻材料，根据石料自然的质地、纹理、色彩选型雕刻而成，自六朝以降声名鹊起。传说古时，青田山口村一位砍柴度日的农民，在一次上山砍柴时不小心砍到了一块石头，那石头落下一个小块，质如凝脂，晶莹透亮。他小心翼翼地捡了起来，将石头磨成一颗小圆珠，挂了女儿的脖颈上。这件奇事一传十、十传百，惹来乡亲们的竞相仿效，上山找来奇石，制成各种精美的装饰物。清光绪《青田县志》就有"赵子昂始取吾乡灯光石作印，至明代石印盛行"的记载。只因赵子昂的书画名声太大，而使他创用青田石刻印的功绩被漫漫岁月湮没了。明代的文彭是幸运的，他在南京西虹桥畔偶然遇上了挑运青田石的老汉，购买了四筐青田冻石，使他得以施展自篆自刻印章的艺术才华，成为一代篆刻宗师，从而开创了中国印坛的石章新时代。到了清代，青田石雕作品"大者仙佛多威仪，小者杯杓几案施，精者篆刻蟠蛟螭，顽者虎豹熊罴狮"，已从实用品扩展到观赏物。清代和民国初，青田石雕作为江南名产屡被选作贡品。乾隆八旬万寿节，选用青田石制作的一套六十枚"宝典福书"印章被献作寿礼，引得乾隆爷龙颜大悦。

风霜雨露，岁月沧桑。这小小的一方青田石，经过历代工匠艺人的雕琢和创作，变成了果蔬，变成了花卉，变成了鸟兽，变成了风景，走出了小村，走出了大山，逐渐成为享誉世界的艺术瑰宝，并在1899年巴黎赛会、1905年比利时赛会、1915年美国太平洋万国博览会上登上奖台。当一块神奇的石头，足以撑起一座博物馆，那就不再是石头了，是应该被唤作"天物"的。

青田石足够温润，温润得像个温文尔雅的书生，文质彬彬地向你行礼；又足够妩媚，妩媚得像洛水之畔的神女，含情脉脉地朝你浅笑。它高贵而又谦和、敦厚不失秀逸，像极了赵孟頫的那支湖笔，走着走着就走出神韵来了。

这奇妙的石头本是孕育天地的灵气而生，经过匠人的手，开坯、粗雕、细雕、封蜡、润色，又染上民间的三五分烟火气，将健美挺拔的身躯展现在世人面前。那细腻的一刀刀，雕出迤迤逦逦的韵脚，像诗人深情款款的吟诵；石雕油脂一般的色泽，像是少女柔嫩润滑的皮肤，冰肌玉骨吹弹可破。大自然用一支画笔为青田石涂抹上浮翠流丹的颜色，青田人又用一颗匠心、一双妙手、一把雕刀赋予了她非凡的艺术生命。自然与人文相亲相合催化的这门艺术，玄之又玄，妙之又妙。

记得尚小时候，我钟情于国画。祖父便找师傅为我刻了一方青田石印——那印钮上的狮子栩栩如生，鬃毛如发丝般细密，让人总是忍不住想去伸手抚摸。偏偏我有毛毛躁躁的毛病，有一回在把玩方印的时候不小心把那石狮子摔出了一个小角，害得我作画也没了心思，战战兢兢不敢将石印拿出来。正在这时祖父走了进来，问我怎么了，我道没什么，却把那方石印攥得更紧。他其实已猜出了八九分，却也不指责我什么，只是微笑着看着我，那表情如石印般温润。后来我渐渐明白了，他是想说那缺了一角的石印或许算不得一种残缺，对艺术的追求与坚持却需要一种完美的精神。

青田石虽出身瘠土贫壤，但从不取媚于世。无论酷暑严寒，无论山崩地裂，它都始终保持本色的温润；无论承受多少刀刻斧斫，无论化作何种形状，它都始终坚守低调的华丽。赋予它们生命的青田匠人，亦有着青田石一般质朴的性格，真诚而不欺世，精进而不媚俗，一代接着一代打造这指尖上的"艺术之塔"，这可不也是另一种"传家宝"么？

人生，其实也需要坚持一些东西的，那就是守护做人的本色，保持内心的风景，让草木生长，让虫鸟歌唱。无论富贵还是贫贱，始终敦厚朴实如青田石，等待雕刻，竞放异彩。即使有一天站在聚光灯下，两耳充斥着赞美之声，也能守住最初的那份质朴。

　　我终于明白了林如奎大师为什么要雕琢《高粱》了，那是他要将青田石的质朴之美、红高粱的乡愁之忆留给后人。

把爱烧制成瓷

越来越喜欢瓷器，喜欢它的精致，喜欢它的玉润，喜欢它带着历史韵味的典雅。

它是旗袍美人的丝滑肌肤，是檀木案几上的兰膏明烛，是秦淮河水的粼粼波光。

它从长满翠竹的黄土地走来，经过匠人的打磨、窑火的煅烧，化作晶莹透亮、光彩照人的梅瓶蝶壶鸡缸碗。有瓷花盛开，有暗香浮动，一丛丛，一朵朵，一瓣瓣。"瓷之王者"的元青花瓷，更是带着匠心的情味，引无数文人士子、富商巨贾为之趋之若鹜、顶礼膜拜。献给它的掌声，已是听得太多太多了。

关于青花瓷，有一个在江南一带广为流传的民间故事。元朝时，一位叫作青花的青年瓷匠之妻，为了帮助丈夫赵小宝寻找一种画瓷的原料，跟随舅舅进山找矿，一去三月不回。赵小宝冒着纷飞大雪走了三天三夜，苦苦搜寻。到了山口，只见一缕青烟袅袅而升。进了一个炭窑，瓷匠发现有几堆柴火和各色料石，旁边躺着一位衣衫褴褛的老人。近观，才发现竟是自己奄奄一息的舅舅。经老人指引，他在山顶找到了妻子青花冰冷的遗体，旁边是一堆精心挑选的石料，她还未来得及收起。

掩埋了亡妻，抹干了泪痕，这个坚强的男人用青花采得的石料细研成末，配成颜料，绘之石坯，付之窑烧，终在出炉的瓷器上发现了若隐若现、宛若天成的青花纹。

这，就是老街坊口中的青花瓷的由来。曾经在浙江省博物馆看到那一瓶瓶、一盏盏的青花瓷，蓝白两色，简洁明快。有了青花，继而有了釉里红，有了釉上矾虹彩。到了明代，釉下青花与釉上彩结合，产生了斗彩、五彩，为瓷器家族注入了源源不断的艺术活力。

或许，没有那如花生命的萎谢，没有瓷匠对爱妻的一往情深，成就不了青花瓷的千年传奇；但若是没有那窑炉炭火的煅烧，又怎能成就青花瓷的倾国倾城呢？正如俗世烟火里的一段恋情，不经历过苦痛的折磨，又如何拾起那拨云见日的美好。可感情如瓷又是极脆弱的，日常中不经意的一跌，便会摔出道道裂痕、一地碎片。无论如何修补，终究难复往昔的白璧无瑕。情之瓷，只为珍视、爱惜它的人活着。

这是一尊瓷的宿命，也是一颗心的宿命。情由心生，缘由天定。

心和瓷都是贵气的，生脆的，易碎的。总是被太多的鲜花掌声捧着，被太多的浓情蜜意围着，也容易被漫不经心或愤怒冲动伤着。倒不如平凡而执着的守护，更能让它长久地守护你的守护。烈焰可以淬炼出最坚固的物件，也可以烧制出最脆弱的东西。懂的人自会素手调和，不懂的人注定伤痕累累。

青瓷一半靠烧，一半靠养。

我还是喜欢它那古旧之味，这是一种百看不厌的素、绕梁三日的雅。南宋隆兴年间，宫廷内务府在杭城凤凰山下设立官窑，成为官方制窑的场所。我时常去古窑址走走看看，感受那古人的智慧和古瓷的气质。一次，曾经对着老虎洞窑址出土的青瓷花盆驻足良久。这与苏东坡、李清照同代的旧物，怎么可以如此冰清玉洁，如此不染纤尘？那青釉水波纹透着古韵古意，像是封存了千年时光，宫廷笙歌音犹在耳，仕女温香隐约可闻。只是，历经战乱离散、王朝更迭，那青瓷花盆的胎体已褪去了青涩，覆上了岁月的沧桑。时间，总会让青涩的事物生出包浆，就像执子之手、生死契阔的爱情，饮于青春，醉于白头。

据传，1957年，一位援华的苏联专家在回国时提出，是否可以将一样自己倾慕多年的"雪拉同"当作纪念品带回国。所有人都面面相觑、不知所云——直到他指着一件淡雅脱俗的龙泉青瓷，人们这才明白他之所指。龙泉瓷因其釉色与十六世纪法国作家杜尔夫的歌剧《牧羊女亚司泰来》男主角雪拉同青衫相似，而被法国上流贵族普遍以此称颂。

我相信这位苏联专家是将"雪拉同"作为恋人般来守护的，这应是他不嫌山迢水远一心想带走它的原因了。这也是瓷器独特的魅力，它天生长着一张温存而羞怯的美人脸，惹人眷恋，欲罢不能。经历过窑火之炽、霜雪之寒，瓷器才变得温润如玉，仿佛像那牵手终身的枕边人，只因看淡了大起大落大喜大悲，她转而变得和煦温情，懂得了你的心，成为你的灵魂眷侣。

我宁愿把爱烧制成瓷，为懂它的人守着青花瓷般的坚贞，与岁月同老。不求千年，但求一生。我也宁愿做一个瓷匠，看破内心的苍茫，把爱塑成美，把美刻入爱。风雅。专注。

对着梁楷的画

　　对着梁楷的画，时间真是凝滞了，冻结了，恍觉我就是那画中人。

　　这真的是一个宋人所画的么？你看那枯皱的老树，那瘦癯的竹枝，那清峻的老者，倒真是像在山水间长着活着的，那种真实到可触可握的张力像要把我遮蔽了，和我对望了。

　　宁宗嘉泰年间的才子，宫廷画院的待诏，似乎一切都已成全。然而，锦衣玉食，高官厚秩，在他眼里终究不过是过眼云烟；他将御赐的金带一掷，仰天大笑饮酒去，头也不回。不居庙堂处江湖的他，南渡后流寓钱塘。

　　宫廷画院终究是囿苑，手中的画笔才是自由的羽翼。他纵情山水，与智愚、妙峰和尚相对倾谈，将满腹禅意融合着山水流泻在笔端、流淌在纸上。旁人竞相夸赞他的画"得宫廷画真传"，他却一笑泯之，愣是不闻深宫闺门的回响，独听清风修篁之语。于是坊间说他不拘礼法，说他放浪形骸，说他如疯如痴。可那又如何？他的画，已然是他内心的独白。

　　始终觉得，看画是看一个时代。作为唐朝南禅的修习者，梁楷已经深深地将那个时代的禅道悟到笔下去了。走笔纵横，笔墨化作老僧不疾不徐地走来；三两泼墨，清泉小池隐隐然跃然纸上。他的画是有声响的呀，那是池塘里忽远忽近的蛙声，那是青荇莲丛中的蜻蜓振翅声，那是汲水女子的哗哗打水声，隔着画或轻或重拍打在我的耳蜗里。看着他的《八高僧故事图卷》，仿佛禅意无处不在：在那竹林小径的深处，在那老树敧侧的阴影中，在那僧人的布衣袈裟里。一个参禅礼佛的画僧，一个放浪不羁的画家，他将双重身份熔炼在一幅幅透着松香古气的画卷里，打破了时空的禁锢，狂野不羁地冲击着我的瞳孔。

柴米油盐，皆是修行。饮水打柴，皆是悟道。简单的线条，细腻的走笔，已然诠释了南禅的真谛。

他就是这样一个人，一个叫作梁楷的画匠。

不同于倪瓒的家道中落、长兄母亲相继故世，连画也带着三五分愁绪，梁楷的画总是透着自由的写意，仿佛人生不过如此尔尔，清风徐来，水波不兴。我真是怀疑，他不会是生于魏晋的么？竹林七贤，司马八达，那不拘礼法的阮籍，隐居不仕的嵇康，真的不是他的挚友？那醉酒狂歌的刘伶，著文玄远的向秀，真的不是他的知己？

可他终究是他，终究还是他，梁楷。魏晋风骨虽清虽奇，却避世而消极，士族庶族争斗、群雄诸侯并起，带了些许时代的无奈。尽管南宋兵燹依旧，梁楷宁愿不闻金戈铁马之声，一心耕耘好手中那支苍劲的画笔。他的酒风依然逍遥洒脱，他的笔意依然萧然物外。没有了世事的羁绊，却得到了禅意的自在。你去看那《泼墨仙人图》，那放逸的仙家就像是御风而来，驾鹤而去；观《六祖斫竹图》，那六祖的布衣蓝衫，草履芒鞋，纯真得仿若一个孩提。

"无物于物，故能齐于物，无智于智，故能运于智。"笔笔如刀，寸寸如铁，断铁屈金，山楼见开，他做到了。据说唐时的吴道子，提手就可以画圆，画得就如圆规扫过一般；梁楷不遑多让，提手就可画禅，画得叫人清气满腔。山风鸟语皆能入画，蝉鸣萤声皆可作墨。那画有声、有味呀，五官的感受全都醇酽地酿在他那随身的一壶酒里，合着老旧的时光融进去了。是画还是酒，我已分辨不清。他教我就在他的身旁坐下了，饮醉了，天地万物在我的梦乡里睡去了。一觉醒来，他已渺渺然隐入山林而去，留下满地的翠竹嫩香、落花盈袖。

一个能将禅、酒、画调配得如此完美的人，一定是深谙世间三昧之人。

如果时光前推几百年，他应该是会将王维引为知己的——都是在松林间薪火煮酒，对着天地山岚那么寥寥几笔，世界就远去了。

满叠酒，一饮而尽。酒尽了，画毕了。看他的画，时光悉数老去，消逝在古气浓重的卷轴里。

以前读吴冠中的画，那线条敷色一勾勒，笔下立时繁花生叶，一派江南春色把人看醉；品张大千的画，那泼墨是随性地挥洒出来的，泼在画卷上，再随意地几笔美景就笼烟含翠，转眼间已是大千世界。而梁楷的画，你永远猜不透他想的是什么，那浓淡相间的墨色随性涂染，浓不腻滞，淡不浮薄，气韵生动，好像他的内心纵有万千变化，却始终离不开一个"禅"字。

只可惜，他的存世之作如今大多已不在国内，而是"客居"日本，在那个国家享有极高的声誉。十四世纪的室町幕府，足利家族将他的《雪景山水图》视若珍宝，后几经辗转，这幅古画有幸躲过了百年战火，1948 年收藏于东京国立博物馆。恐怕梁楷做梦也梦不到，他的沥血之作竟至流落海外成了异邦的国宝。

一声浩叹，包含几多耻辱，也带着几分警醒。

毕竟他那种离经叛道，总为天朝世俗礼教所不容；可他那种革故鼎新的画风，却被"蕞尔小国"的日本奉为圭臬。这难道不值得我们深思？

　　想起《浮生六记》中的沈复和芸娘，把日子过得如诗一般，却终究逃不过封建礼教的束缚。那么他们所留下的，就只能是可有可无的东西。

　　此时此刻，只想泡一壶老茶，对着梁楷的画，听听他内心的声音，也听听我自己内心的声音。时光慢些走吧，请让他和他的画在我的记忆中慢慢老去。

Chapter 02 | 百工传艺

第 二 卷

怀念一盏灯

　　小时候过完年，最是心心念念正月十五那天，满树的字谜，一城的灯火。

　　那时，总爱坐在父亲脊背上，去附近的社区观花灯。父亲并不厚实的肩膀，驮起了我的童年和好奇心。路旁影影绰绰、高高下下的树，染上一层圆月的清辉，披上一袭灯火的华彩，与我打着照面。街道两旁，花灯林立，在晚风中摇曳；人潮涌动，笑语驱散了寒意。圆月和花树，人潮与花灯，这一刻像是达成了某种默契似的。大人小孩追着烛火通明的一盏盏花灯，欢欢喜喜摘下吊在灯上的字谜纸，憋足劲儿猜着谜底。

　　兔子灯、老虎灯、鱼灯、马灯……脚步被一路的各式花灯吸引着，欢快得停不下来。一处摊位前，一个满头银发的老艺人正扎着一盏花灯，顷刻间吸引了我的目光。至今仍记得，那用十二根小竹棍子撑起的花灯。一根细细的红绳在竹棍间穿梭、缠绕，胳臂般挽起了四方体的灯架，也串联起醇浓的年味。将一块暖色的绢布剪成四块，分别粘贴在灯筒外，便现出了栩栩如生的灯形。

　　他又拿起一张朱红色彩纸，对折，用记号笔画出泼猴的样子。沿边细细剪下、镂空，麻利地粘贴在灯筒绢布上。末了，在底座铁丝上插上一支小蜡烛，划燃一根火柴，点亮。一盏美得不可方物的花灯，像是要把人的魂儿勾了去。

童稚的好奇心怎么都遮掩不住，我的双眼睁得滴溜圆，生怕错过了每一个细节。我想要把它带回家。父亲欣然应允，付了钱，把花灯交到了我细嫩的小手上。那花灯在我手上提着，点亮满心的憧憬。我开怀地笑，好像提着鸟笼听八哥叫。没有了时间，也没有了空间，心里只剩下那盏灯。

一盏指尖的烛火，一点童年的满足，酿成温暖一世的美好。

我真的在乎唐人的"火树银花合，星桥铁锁开"，在乎宋人的"去年元夜时，花市灯如昼"，在乎雪小禅的"春天的神秘力量在夜晚绵延而来……还有待到山花烂漫时，花如故，人如故"。

自古以来，元宵花灯就是一种美好的寄托。张岱的《陶庵梦忆》曾记录下绍兴元宵佳节的灯景：十字街口搭了大木棚，上挂一盏大灯笼，灯上绘着《四书》《千家诗》里的故事、人物，有的还写着灯谜。以灯为圆心，人们围成一个个圆圈，竞相赏花灯，猜灯谜。寺庙、道观用木架子做成灯柱和门额，上书"庆赏元宵""与民同乐"等联语。家家户户约了一起出门放灯，观盛大灯会，看赛狮子灯。而乡下的小夫妻走城串巷，那时叫作"钻灯棚""走灯桥"。

入夜点灯的刹那，浓浓的年味便也弥漫开来，撩拨人心。灯是心中的澄明，一经点亮，整年的沧桑便也抚平了，淡释了。新年伊始，上香，祈福，许的愿大抵是河清海晏、时和岁丰。

古人顺应四季之序，春生，夏种，秋收，冬藏。一整年的踔厉奋发，好像只为期待那一场千灯百盏的燃情喜庆。舞狮，耍灯，走百病，欢娱嫌夜短。迷蒙灯火，慰藉农人的辛劳，照耀旧岁的丰裕，点亮来年的希冀。无怪乎崔液吟出"谁家见月能闲坐？何处闻灯不看来"的喜悦。若没有那一整年的胼手胝足、苦乐相融，又怎能安享月明灯辉的美好时光？

元宵花灯，已然成为中国文化的一个符号。

但如今，传统花灯已越来越难觅踪影，就连同这日渐式微的年味一般。人们不再期待上元那璀璨的满城灯火，却蚁附蜂屯在商家的打折让利中。甚至，不再祈愿、不再祝福，一个微信红包，代替了七彩的灯海。元宵，和其他大大小小的传统节日一般，过成了任务。过了便过了，不留下片羽文化记忆。

年味，究竟还在吗？童年的那盏花灯，究竟还在吗？

这些年，倒是见识了不少有形的无形的彩灯，一盏盏一串串的，挂在"面子工程"的绶带上，挂在歌功颂德的秀场里。它们闪烁着耀眼的光亮，或者让人炫目的华彩。看久了这样的灯，眼睛迟早是要流泪，甚或患上眼疾的。

年味不因物质进步而消逝，却因内心混浊而淡去。

比年味淡去更可怕的，是失去心中那灯一样的澄明。

当今社会，物欲改写着清欢，浮华挑逗着情怀。炒"八卦"、送"鸡汤"、过"洋节"的多了，闻书香、传非遗、继绝学的少了，精神大餐的碗碟里文化兴味似乎也寡淡了不少。缺了文化的"维生素"，不意间，我们也就成了物质的奴隶、精神的侏儒——看得到风景，看不到风骨；记得住香水，记不住乡愁。可是，最先随风飘落的，一定是离根最远的那一片叶子。

所以，我始终怀念童年，怀念那盏花灯，怀念那个扎花灯的老艺人。老人笑吟吟把灯递过来的一瞬，小小的花灯，点亮了我对老手艺的最初记忆，文化的嫩芽在心灵深处萌生。

心灯不灭，前行的路自然是清晰可辨的。

我的磨刀阿公

"磨剪子嘞，戗菜刀……"

"磨剪子嘞，戗菜刀……"

一阵阵熟悉的吆喝声隔着二十多年的光阴回响在我的耳际。那是我的阿公，二十多年前的他刚过古稀。他总是闲不住，独自一人出门，沿着山里人家一路吆喝，晨晖将他的身子投影在田埂的草垛上。那日，我见他背着一把高条凳，腰上绑着工具包踏上了山道。脚步尽管有些迟慢，却依然深一脚浅一脚地走得坚实。

我悄悄地、远远地跟在他的身后，想看个稀奇。

山道两旁的人家大门紧闭，他不时瞅瞅朱红色的大门，像是在欣赏一幅民俗画，脚步声不时惊起几声零星的犬吠。"戗菜刀的，过来下。"一扇门徐徐打开了，探出一张中年妇女粉扑扑的脸。

他带着谦卑的笑容应声迎上前去，把凳子放在地上。妇女递过来一把锈迹斑斑的菜刀。他把菜刀固定在长凳的卡口上，从工具包里掏出一把铲刀，一刀刀地铲掉菜刀表面的锈迹。铲得差不多了，又拿出一块沾满黑油的磨刀石，开始一招一式地磨起刀来。娴熟的磨刀动作，在我童年的双眸里闪现着奇幻的光彩。帮人戗了一辈子的刀剪，他那饱经风霜的双手已是枯树皮般布满了沧桑。

先过戗刀，又过油石，再用细石仔细磨了。不一会儿，他便将一把锃亮的菜刀递还给了女主人。

"谢谢你师傅，辛苦了!"

他的脸上露出招牌式的笑容，眼角的褶皱挤成了一堆。整了整随身工具，他便又上了路，扯着嗓子喊唱起那句不变的古老的歌谣。

"磨剪子嘞，戗菜刀……"

又是几年时光过去了，他接的活计越来越少，痨病却日渐严重了。有时候咳得难受，他就吃下几片廉价药，硬撑着出门揽活。渐渐地，就连揽活的微薄收入都不足以支应那买药的开销了。

小时候的我和阿公睡在一间，我总喜欢睡在床的里边，而他睡在外边。凌乱的玩具和家什，兀自堆在床边。那天晚上，他独自穿了衣裳起来，在灶台上烧了碗薏米粥，一勺勺地舀了吃。灶台那边传来的哔剥的柴火声唤醒了我。我睁开眼，见灶台的火苗在墙上拓出他晃悠悠的影子，像极了他浮浮沉沉的一辈子。吃饱了肚子，他开始收拾他的那些谋生家什，窸窸窣窣的。"阿公，你要去哪儿?"我掀开了被子的一角，透过曚昽的眼，望见他佝偻的身影。

"我去揽活儿，一辈子的手艺可不能丢……咳咳……"七十多的岁数，本该是颐养天年了，可他却实在丢不下他钟爱的磨刀活，即便饱受着病痛的折磨。

说话间，他便背起了高条凳准备出门，不停的咳喘声，打破了夜晚的寂静。窗外的天色已微微有些亮了，透过玻璃窗在黑漆漆的屋子里洒下点点银辉。

"你再睡会儿……阿公中午就回来……咳咳……"阿公一边对我说着，一边轻轻巧巧地合上了房门。可即便如此，关门声和咳嗽声还是在我心头发出了声声沉重的回响。

那天中午时分，我一直在二楼阳台上等啊等，终于等到阿公一个人带着行头回来，却惊见他的脚上豁开了一个大口子，鲜血淋漓的。他把一身行头直接扔在了卧室漆黑的一角，在藤椅上躺了下来，捂着脚踝，哎哟哎哟地叫唤着。

我从楼上跑了下来。"阿公，你怎么了？"

"没什么，被山路上蹿出来的野狗咬了一口……咳咳……"他一边说着，一边拿一块毛巾蘸些土烧酒捂住伤口。

我心疼地望着他受伤的脚踝，仿佛望着古墓的一个盗洞。

"阿公，你……怎么不去看医生呀？"

"傻孩子，看医生不得花钱呀？阿公今天没揽到什么活……咳咳……没事的，一点小伤，养两天也就好了……"

"阿公老了……以后呀，你要靠你自己的了……咳咳……"我见他的眼眶里湿润润的，像是刚拧干的毛巾，眼角的皱纹分外明显了。他开始唉声叹气起来，念叨着碎片般的句子，抱怨命运的戏谑。

我明白了，这几个月来，他没有揽到多少活，他是因为这个才不开心的。可是直到多年后我才真正明白，老手艺已然成为他生命的一部分，那是他躬耕了一辈子的土地。没有了生意，就好比辛苦种下庄稼却迟迟没有结穗。

我急急忙忙地去叫了叔叔。"叔叔，阿公回来了，脚被野狗咬伤了……"

"随他去吧，早就叫他不要整天搞这些行当！多大年纪了，还背上个家什往外面跑！现在还有哪家会去找人磨剪子、戗菜刀！被狗咬了也是他自作自受！"叔叔反而声色俱厉地把我撵了回去。

我有些泄气了，只恨自己帮不上阿公什么忙。

阿公本有午睡的习惯，可是那天他迟迟没有去睡，一个人捂着脚唑唑地轻唤着，在破藤椅上望着院子里盛开的山茶花发呆，也没有吃饭。茶花艳丽丽地开着，看花的他却干瘦枯槁，像是其中快要萎谢的那一朵。

"阿公，吃饭啦……"我去院子里叫他。

他并没有作答，依然痴痴呆呆地望着院子里的景致。太阳渐渐西斜，把他的身影拉出一个丝瓜的形状。我也很无奈，真的不想看着他不开心的模样。

那天，我叫来了玩伴小红富，和他一起玩耍。他家就在我家屋子的旁边一幢，我遇上事情总是第一个和他商量。我决定，用我自己的智慧，去帮阿公一个忙。

那天，阿公揽完活兴冲冲地回来，告诉我说戗了好多把旧剪子旧菜刀。他开心地一连吃了好几碗饭，胃口大开。

"阿公，你今天这么开心呀？"他咧嘴笑了起来，嘴角还挂着饭粒。"嗯，阿公今天开心……咳咳……阿公年轻的时候，这山里山外的，到处跑，帮人家修东西、戗菜刀，大家都叫我菜刀俞。只可惜现在老了，不中用了……"

"这几年大家伙生活条件好了，我的活计少了，这身手艺也用不上了，老被嫌弃……咳咳……想不到，今天还有人惦记我！"他说着说着，有些动情了。

"小红富一家拿来了很多锈菜刀，阿公我一把把地把它们都戗得锃亮锃亮的……咳咳……"

"阿公，你真棒！"我夸赞着他，打心底里为他感到自豪。

"他们还请我喝了红星二锅头……咳咳……阿公真的、真的好久都没有喝上这么好的酒了……"他笑着，转而却又含泪了。他放下碗，嚼了一半的米饭在他的嘴里停住了。

"咳咳……都说老了也该享福了，可是阿公我呀，是个闲不住的人……如今祖宗传下来的老手艺用不上了，要带到棺材里去喽……咳咳……"我望见他的眼角沁出了泪花，晶莹的光泽如同珠蚌般闪亮。

他放下了手中的筷子，抚摸着我的脸颊。

"阿公，如果有一天我长大了，我要跟你一样，磨剪子戗菜刀。"

"傻孩子，你可要好好读书，咳咳……阿公以前那是为了活命才去学这个的……阿公太想看到你出人头地的那一天了，你要好好读书才是……"

说着说着，他又伤感起来。直到多年后，我才知道，他很是担心老手艺将面临失传的境地；可即便如此，他也不想自己的儿孙去学这辛苦而又赚钱不多的行当。他内心的矛盾，只有他自己才知道。

那时候的我，只知道他只有接到磨剪子戗菜刀活计的时候，才是最开心的。

直到他走完了八十多年的人生，他才停下手中的活计，也带走了刻入骨髓的一门老手艺。祖上传下来的那一缕非遗文脉，被他封存在了棺椁中。

或许，他猜不到；又或许，他最后猜到了——那天，其实是我收集了旧剪子旧菜刀，说服了邻居为他演了一出戏。可这已经不再重要了，我只清晰记得那天他揽到活计的欣忭与满足。

走在人生路上，我会永远记得那一声悠长的吆喝；它无处不在，不断洗涤净化着我的灵魂，提醒着我不要忘记前辈那份坚守的执着——一辈子的手艺，几代人的精华，它的芬芳，它的香醇，值得一个人一生一世去守护。

"磨剪子嘞，戗菜刀……"

"磨剪子嘞，戗菜刀……"

二叔的木香

一双手是可以在木头上开出花朵来的。其实我从小就确认这一点。

二叔手巧，长于木工，老屋的院子一角总是摆着些刨子、锯子、木凿、刻刀之类的木作工具。锯子是原始的那种老框锯，铁制的锯条、木制的锯梁。孩提时，我便习惯了在朦胧梦境里耳闻嗞嗞梆梆的木作声，那声响更添了柴门的三五分烟火气。

他时常自己动手做些凳子、椅子、箱子、柜子之类的家具，还不忘在上边雕些牡丹、茶花、仙鹤之类的雕饰。名声传开了，街坊邻居争相请他上门去打家具，他也总是乐呵呵地有活必接、活必出彩。在他手里，木头是那样的听话，雕花的窗棂、奇巧的牛腿……一切都是手到擒来。

做什么东西选什么木料，做什么人就要走什么路。做决定之前，就该把一切都考虑周全。这都是他告诉我的。

有一次，我见他选好了木料，用胶水粘上一层白纸，拿铅笔绘出一朵盛开的牡丹。然后，一手拿刻刀，一手执榔头，榔头轻敲刀头慢慢地打坯，再细细刻出那朵朵花瓣的轮廓。大弧度用大刀子，小弧度又换回小刀子，行云流水，有条不紊。

刀在花间走，花在木上开。刀口没有杀戮与血腥，只有相对倾谈的低语。带着木香的碎屑从他指尖打着滚儿翻飞上来，其情其景，似盘桓花间的蜂儿采集香甜的花蜜，又如稚童追逐着翩翩舞动的蝴蝶嬉闹。转眼间，他又敲起了粗坯，叮叮当当，一层层抽丝剥茧地打掉多余的部分，然后再一刀刀细雕出枝叶与花瓣间的层次感。

当那朵牡丹花盛开在我面前的时候，空气都已经芬芳馥郁了。那双粗糙的手，其实是花儿的根，花儿的枝，花儿的叶。我知道，比原木香味更香的，其实是他雕啥像啥的手艺。

累了，就休息一下；倦了，就打个小盹。身后的夕阳是和煦的，他的手是和暖的。在这座对着院子的小屋里，没有东阳木雕的美轮美奂，没有黄杨木雕的珠玉莹然。他这一辈子虽没有雕过大件巨作，却守着凡而不庸的手艺，为四邻八舍奔波劳碌。

初中才勉强毕业的他，因工厂倒闭失去了第一份工作，几年后癌魔又不幸缠上了他的妻子。花光了几乎所有积蓄，到头来只是投入无底洞般空空了然。看着那如花的生命一点点地萎谢凋零，就像刻刀一刀刀地剜下他心头的肉。他忍悲含泪，为亡妻亲手制作了一只骨灰盒，上面雕刻着她最喜欢的牡丹花。枯灯夜雨，万千离索。中年丧妻女儿尚幼的他一时性情大变，时不时狂躁地对着家狗出气，又时不时把自己关在小屋里面壁垂泪。情殇断人魂，心伤催人老。他的眼睑日渐松弛下来，失去了风华之年的光泽。

也许，命运总是不让人一帆风顺。过于顺遂的命运总像鲜艳欲滴的玫瑰，不知花瓣下隐着多少叶刺。

他在整理爱妻遗物时，不经意间发现了一只红木雕花首饰盒，里面只有一绺长发，手饰已不见踪影，想必是被她变卖掉用来治病了。那红木首饰盒是当年他选用海南黄花梨为她精心制作的定情物，盒面同样雕刻着她最爱的牡丹花，她至死都舍不得变卖它来换救命钱。那绺长发，定然是她留给他的纪念物了，看那发质，应该是她做姑娘时剪下的。一只木盒，一绺秀发，无声诉说着一个凄美的爱情故事。当年，二婶是二叔到她家做木工时相识相恋的，因为二婶是农村户口，他俩不顾父母反对和世俗偏见毅然结合在了一起。她从此成了他做木活的好帮手。

睹物思人，怀旧励志。木雕一样传神的往事，幻灯片似的，似乎有一种超越生死的咒语般的力量。二叔暗下决心，余生一定要守着手艺，守着木雕。

从此之后，他把对亡妻的思念刻进了木雕。不求完成惊世骇俗的杰作，只求一天天地精进技艺，把平凡的日子开成原木上的繁花。

曾经在干宝的《搜神记》里读到过一个木雕的故事。周成王时代有个叫葛由的人，时常把木头雕刻成小羊拿去售卖。一日，他骑着木羊进入蜀国境内，有几位好奇的王侯贵族跟着他上了绥山。绥山高耸陡峭，一路遍布桃树。渐渐地，跟随着他进山的人最后都得了仙道。于是，民谚说，"摘得绥山仙桃，赛过人间帝豪"。

其实，二叔那平凡中见奇巧的手艺，又岂止给乡邻带去了"仙桃"。合用养眼的手工艺品，分明是生活的美学，是让人心灵熨帖的创造。神话传说固然唯美，却总不敌现世的温情。

二叔终究是迈过了人生的河谷，去除了内心的树瘢，重又把木头雕刻出了神韵。

其实人，也是需要精雕细刻的。人们有太多可以雕刻自己的机会，却往往不愿忍痛受刀而放弃退缩。读书、旅行、运动、摄影、绘画、养花、烹饪，等等，都是对人生的一种雕刻，人们却大抵习惯于图个清闲安逸，蜷缩在毫无生气的钢筋水泥丛林里消磨时光。

于是，每个人都变得相似起来，成为了彼此的复制。

其实我知道，二叔不想就这样庸碌地过上一辈子。木雕艺术给了他一个爱自己的理由，他只想让自己的手艺回归到生活的中轴线上，让生活和自己两不亏欠。

去年初夏，我回到家乡。院子里盛开着姚黄魏紫的牡丹花，花丛中用根雕架子托放着一只精致的木盒子，盒面刻着"梁祝化蝶"图。我很好奇，想知道二叔做了什么精美的东西。他却告诉我，这是他为自己准备的骨灰盒。

他的脸上并没有什么失落的表情，只是平静地抚摸着骨灰盒上的雕刻。

我说这会不会不吉利。他乐呵呵地说，没什么，只是给未来的自己准备的一份厚重的礼物。他告诉我，这样的人生已经无憾了，即使老去，也终须艺术地老去。木雕的乐趣和充实陪伴了他的大半生，等到将来有一天告别这个世界，依然可以带着那一路馥郁芬芳的木香。

我忽然懂了，超越生死的，除了爱情，还有艺术。

蛋壳乾坤

一枚鸡蛋，除了可以吃，还可以做些什么？

在农家的眼里，鸡蛋是收获；在吃货的眼里，鸡蛋是食材；在艺术家的眼里，鸡蛋是雕塑。

走进杭州手工艺活态馆，一家作坊灯火通明，里外透着暖黄的光亮。展台的一排木架上，陈列着上百件整齐划一而又活色生香的蛋雕作品，像是等待检阅的礼兵。我是见过不少蛋雕图片的，至于真家伙，却是首次见到，不免生出"暂时相赏莫相违"的慨叹。

注意到一位中年男子，正在前台桌前，手持刻刀专注雕着一枚鸡蛋。

他，就是蛋雕技艺非遗传承人董一言。G20 峰会期间，他每日加班，用了十多天的时间，在蛋壳上雕刻了 20 国领导人肖像。土耳其总统夫人阿米娜·埃尔多安看了他的蛋雕作品惊为天物，当即入手收藏。

在董师傅面前坐下，静静欣赏他的蛋雕绝技。只见刻刀轻灵地划过蛋壳，好似沙渚鸥鸟惊起；那细微的声响，竟带有点淡淡的甜糯，让人有种品尝真武山甜茶粽的感觉。那鸡蛋不时被调整旋转着，舞步曼妙轻盈。或许那早已不是一枚蛋，而是一颗修炼着的内心。蛋雕工坊，就是他躬耕的桃花源了。

忽然注意到他握着的刻刀竟然是反的，把刀口对着自己，我有些好奇。

"其实我用的蛋都是生鸡蛋。因为刀口容易戳破蛋壳，所以刻刀要用刀背。"他解释道，眼睛依然停留在刻刀游走的方位，稳如一架探幽烛微的显微镜。

刀下，是一个"蛋"字。

"非遗技艺，蛋蛋相传。这是我今天想要雕刻的八个字。"他的话清淡如风。

我问起了他蛋艺创作的缘由。他停住了手中的刻刀，缓缓打开了他的艺术册页。

"2005年那会儿就接触蛋雕了。开头是在夜市上看到一位蛋雕师傅，就被这门艺术深深吸引。我就记下了那位师傅的电话，不停地打'骚扰电话'，请教蛋雕技法。他总是推脱不肯教，我心想自幼有些篆刻功底，就打算自己琢磨。年轻，不服输嘛。"

"那时候毛手毛脚的，刻破了至少几百个蛋……差点自己都失去了信心。长期做这行，视力下降得很快，颈椎也出了问题。"成功背后的辛酸，都是他甘愿承受的"人生八苦"。

痴迷上蛋雕的他，把微薄的积蓄都花在了买蛋上。因条件拮据，刚开始只能捡木匠的钢条来刻，后来才有钱买了专用刻刀。蛋刻破了，就自己吃掉，从头再来。雕得多了，才摸索出了最佳的支撑点和拿捏点。

"那时候，为了设计一个理想的图案，跑了数不清的书店。记得有一次，为了掌握镂空脱膜技法，我反复琢磨，却总是达不到理想的效果。一个偶然的机会，在网上认识了一个同样做蛋雕的朋友，他告知了我脱膜的方法，我就玩儿命地研究，整整四天没怎么睡……这辈子都忘不了，这辈子都感激他。"

欣忭与酸楚，始终线团般交织在他的蛋艺生涯中，不曾间断。

即使如今，成为了非遗传承人，他依然没有稳定的收入，过着勉强温饱的日子。妻子并不支持他的创作，可他却舍不得放弃这门技艺。对他来说，蛋雕就是全部精神的寄托。

梦想似薄如蝉翼的蛋壳，一念惊艳，一念心碎。十多年的如履薄冰，十多年的静心修炼，他终究在那层生脆的蛋壳上跳出了指尖的芭蕾，梦想圆成了蛋。

听完董师傅的蛋雕故事，我心手痒痒的，表示自己也想尝试。他欣然应允，将那刻刀递给我。刻啥呢？他说，就刻"非遗技艺，蛋蛋相传"这八个字吧！

我战战兢兢顺着他的指引刻下去，却始终手僵指涩，只能刻出一条细线，丝毫谈不上美感。想不到看似简单刻几个字，竟然如此艰难。成就蛋雕这门艺术，真的并非一朝一夕之功啊！

"镂空雕比较容易刻破，雕刻时连话都不能说。对蛋雕来说，刻破了蛋就不能修复，不像其他种类的雕刻。但你现在这种刻法叫作浅浮雕，不容易破蛋的，放开手脚去刻便是了。刻的时候要均匀用力，刮的时候须注意角度。"他边传授蛋雕技艺，边热情鼓励着我。

名师的指点，于我这门外汉犹如大旱之望云霓，刀法变得轻巧自如了不少，人、刀、蛋也渐渐融为一体……

终于，靠着董师傅的悉心调教，我的第一件蛋雕作品刻成了。不免暗自叹道，这真是一门磨人心志的细活！

"活儿还没有结束，最后要把蛋清和蛋黄抽掉。"董师傅提醒道。

他拿起我刻好的鸡蛋，用一枚小针轻轻地将底部掏出一个小洞，又拿来一管针筒。

"注意，不是直接去抽蛋清，而是先往里面打气，然后再抽，这样会清理得比较干净。"他一丝不苟的模样，让我想起了梁思成和林徽因，这对知名伉俪在战乱艰困岁月里五易其稿，愣是用茅草泥巴设计、建造了西南联大整齐美观的校舍。

当他把一枚清理干净的蛋雕工艺品交到我的手里，我知道，他是把蛋艺带给他的酸甜苦辣分享给了我。这枚蛋，刮去了浮躁，刻去了退缩，蛋壳上留下的分明是"守护"二字。就像千千万万手艺人，守护着的是一方祖辈留下的艺术沃土。他们耕耘，他们除草，甘愿忍受烈日的暴晒、风雨的洗礼，只为等待种子的破土而出——那一刻的生命，太葱翠，太清新，太珍贵。

"师傅，这么多年一直守着一枚蛋，您后悔过吗？"我问他。

"学艺不后悔，学艺不精才后悔！"他目光如炬、一脸认真。

"一些蛋雕艺人，总是把自己的技艺藏着掖着，不想让人学到。其实我觉得，人死技艺也带不走，还不如传授给别人。只可惜，做这行投入时间长，又不赚钱。我的子女也对这门手艺不感兴趣，快要后继无人了……"他的语调带着些许的悲凉。

其实又何止是蛋雕，许多民间手工艺都面临断代失传的窘境。传统手工艺没有足够的市场、有力的推广去引人关注，注定只会在时代的潮流中踽踽独行。我们自以为现代化可以代替手工业，却始终不明白，最难替代的其实是我们对传统文化的一份感情、一种责任。

民间艺术最可怕的尚不是后继乏人，而是缺少发现艺术之美的眼睛。对于这个时代来说，一旦失去了发现美的眼睛，那么丑的恶的俗的邪的极可能占据我们的视野和心灵，我们的价值观便有走偏之虞。"蓉菊满园皆可羡，赏心从此莫相违。"发现美、追求美、传承美，会让我们的生活变得更有诗意；有诗意的人生才有未来。

一枚小小的鸡蛋里，藏着大乾坤。

伞的风骨

在中国这片九百六十多万平方公里的土地上，建有无所不在的亭子，一座座挺立在风雨中，庇护着避风躲雨的人儿。可人终究是要游动的，亭子却没长腿，这可如何是好？于是，我们聪明的先人发明了移动的"亭子"——伞，它像个仆人一样忠实地跟着你，为你遮风挡雨。

相传，春秋时期的著名工匠鲁班赋予了它生命。

说起来，伞的起源还是与荷叶有关的。传说鲁班外出为百姓造亭的时候，见许多小孩在一片荷花池塘边玩耍，其中一个摘了片荷叶顶在头上。鲁班见了便问："你在头上顶张荷叶是做什么呢？"小孩回答："太阳太大了，像个大火轮一样，我们顶着荷叶，就不怕晒了呀。"鲁班听了大受启发，于是回家用竹子削了很多细条，照着荷叶的叶茎扎了架子；又用羊皮剪成圆形蒙在顶端，于是便有了"收拢如棒，张开如盖"的活动式"亭子"——这就是伞的雏形了。那语笑嫣然的荷，那五彩纷呈的伞，在雨中张开了欢颜，究竟是鲁班成就了伞，还是荷成就了伞？

一直觉得伞有着江南女子的气质，像是她们的翩翩裙裾，秀颀而脱俗。江南的伞，像荷，像裙，也像蘑菇，总之是江南的韵味，它像一幅流动的画，被绵柔细软的雨丝洇染了千百年。撑油纸伞的女子纤腰束素，在那西子湖畔迁延顾步，娉婷姽婳的模样像是曹子建"髣髴兮若青云之蔽月，飘飖兮若流风之回雪"。细雨在伞缘飒沓划过，留下琥珀般晶莹剔透的吻痕，若有若无、如梦如幻地拨动着她的心弦。谁家公子望见那轻纱罗裙的一角，便已是心旌摇荡、澎湃万千了。

在丁香花开的时节，在细雨霏霏的光景里，手持绸伞的女子走在青石板上，走在悠长的雨巷里，走出了戴望舒清丽迤逦的诗句，逸出一路盈袖的暗香。"她是有着丁香一样的颜色，丁香一样的芬芳，丁香一样的忧愁。"她的一颦一笑，她的凝眉领首，便是江南四月天。她在举手投足间，轻泯人间烟火，留下优雅倩影，于是那人世的浮尘便随了江南的雨，飘落在星罗棋布的河流中，消散了，远去了。诗人深情的吟诵，在那伞缘绣出一圈韵脚典雅的镶边，更添三五分缠绵悱恻。

杭州的西湖绸伞，采用江南独特的淡竹制作，质地细密，色泽玉润。伞匠在白露前挑选竹龄三年以上、表面光洁的淡竹，取其中段二至四节，用竹刀劈成三十六根细条，配上骨撑，拧成伞骨，制成伞架；又别出心裁地配上江南的绸布，绘上花鸟虫鱼，把江南水乡的钟灵毓秀也绘到了伞面上。非凡的匠心造就了绸伞的伞魂，把那江南女子的灵巧与细腻也融了进去。伞面轻启的那一瞬，步步生莲，顾盼生辉，软玉温香，风情万种。

许仙遇上白娘子的那一天，天空应该是正下着绵绵细雨，柳条一样轻拂着断桥。撑着绸伞的他，在舟楫中望着她娇羞的脸，心中暗暗播下爱情的种子。他将伞递给心爱的人儿，眼中的她肤如凝脂、面若菡萏，伞上雨珠滴滴，伞下秀发飘飘。一声语带娇羞的搭话，两颗靠拢的心儿互诉衷肠。民间传说赋予了西湖伞厚重的人文底蕴，也为西湖伞平添了浪漫色彩，成就了多少美好的姻缘呢！

古来多少士大夫和文人墨客，在伞上书写出了浓郁的情怀。伞的闲适、散淡令陆龟蒙吟出"伞欹从野醉，巾侧任田歌"的诗句；伞的童趣、率真让杨万里写下"一叶渔船两小童，收篙停棹坐船中。怪生无雨都张伞，不是遮头是使风"的佳作。伞是他们的心灵相册，是他们的情感硬盘。众多文人墨客以伞为媒、以伞作镜，从文化的视野洞察时代的变迁——不信，可以去张择端的《清明上河图》找找，有多少顶伞见证了中原九州花灯璀璨、车马辚辚的盛景；又有多少顶伞掩藏着盛世繁华背后的隐忧呢？世风奢靡，国祚衰败，一朝胡虏南侵，刀光剑影，那行军伞挡得住北宋王朝的滂沱大雨，也挡不住辽兵的哒哒铁蹄了。

往大了说去，伞其实是有着中国人的魂魄的，极似中国人的性格：一面受着疾风骤雨的洗礼，一面对着风平浪静的内心世界。当烈日与风暴来临，它毫无惧色撑起自己的脊梁骨往或暴烈或滂沱的地带冲去，一改那往日的内敛奋力抵抗；当苦难与伤痛退去，它便收起高昂的姿态，斜靠在白粉墙的角落，安安静静地守护自己脚下的土地。在动与静、刚强与柔婉之间游刃有余地转换，在平凡而伟大的日常中寻找平衡。你能说伞没有自己的铮铮铁骨曲曲柔肠么？

上下数千年，一把晴雨伞撑起了一个古老文明。当它再一次在神州大地上欣逢盛世，它重新在匠人的指尖盛开绽放，诞下一个个声名显赫的子孙：手工绘伞、工艺伞、帐篷伞、沙滩伞、高尔夫伞、防风太阳伞……它张开仰天翱翔的羽翼，撑起了中国现代手工业的一片天。千百年来，她源源不断地走出国门，将她的华丽与雍容、将中华民族的敦睦与谦和带到世界各地，发出璀璨夺目的光芒。不信，你可以去凡尔赛宫看一看、瞧一瞧，有多少她的兄弟姊妹们，正沐浴着法王的玫瑰香露呢！

这一身烙着中国文化印记的伞，这一生注定与风雨阳光同行的伞啊，不就是一朵高洁清雅、风骨脱俗的莲花么？它不离不弃，忠实护佑着炎黄子孙的世代平安。

核 之 舟

"舟首尾长约八分有奇。高可二黍许。中轩敞者为舱，箬篷覆之。旁开小窗，左右各四，共八扇。启窗而观，雕栏相望焉。闭之，则右刻'山高月小，水落石出'，左刻'清风徐来，水波不兴'，石青糁之。"

近日得闲，重读学生时代读过的古文名篇《核舟记》。能写出这样精致文字的人，生活应是极精致的，像是苏式的园林、西塘的城河，又如那浑然天成的核舟。作者是明代嘉善籍散文家魏学洢，少有诗才，闻名乡里。时值君臣昏聩、山河飘摇，这位原本有着锦绣前程的江南才子，却身处阉党祸国的政治旋涡。父亲魏大中身为名臣被诬入罪，身陷图圄。魏学洢不听父亲劝阻，毅然随牢车入京，泣血上书，陈情辩冤，却终究无法力挽狂澜，父亲还是喋血深狱。他扶着灵柩一路哭着回乡，竟然不足一月忧愤病死。

备尝世态炎凉的魏学洢纵有满腹才情，却不屑与浊流为伍，而与劳苦大众打成一片，因而也才得以有名篇《核舟记》的诞世。

《核舟记》所载的奇巧微雕匠人王叔远的高超手艺，令我歆羡。曾经自己也学着做了个核雕罗汉头，只是为了慰勉下一时萌生的兴趣之苞。我从网上买了些橄榄核，和一些圆头、方头的不同型号的刻刀。首先得用笔在橄榄核上绘出罗汉头的轮廓、五官；再用方头刀沿着轮廓线轻划下去。那橄榄核竟比我想象中的还要坚硬——刚开始只能划出个浅痕来，用力细细一刀刀剜下去，约莫一盏茶的工夫，刻痕处的小坡度才隐约可见。这时竟一不小心，那刀口就划破了我细嫩的指尖，不由地朝它呼了口气。幸亏伤口不深，还是可以继续的。

为了进一步体现出罗汉面部的层次感，圆刀的作用是不可替代的——刀刀打坯，推掉笔尖、耳廓、嘴唇多余的部分，立体的五官才能出来。再拿起角刀修修边角，使过渡处显得自然些。最后是修光——用砂纸细细打磨边角，直到出现珠圆玉润的感觉，那雕像才算是功德圆满。雕刻花下去的时间，竟不知是怎样流逝的，仿佛掉进了罗汉的笑纹里就不曾复返了。

这是我平生第一件雕刻作品，有些粗糙陋拙，却足以令我欣忭自慰了。我将它小心翼翼地封匣保存，收藏在记忆的抽屉里。雕罗汉，雕的是心情，品尝过程的艰辛，也享受过程的愉悦。张爱玲说，很多事情的发展注定会迎来结局，不要在乎结果，只要好好享受美丽的过程，擦身而过的时候，我学会了遗忘。一件小小作品，孕育了几多悲欢离合的人生。我知道，每一刀都是创作者心灵的印刻，都是他情感的描摹，也都是在心路上的迈进。作品不成熟也好，不完美也罢，至少绽露了人生的芳华，成就了诗意的刹那。

如今的我，仍时常关注些核雕作品，也找了网络上的核舟复制品来品鉴。尽管面对的精品佳作繁多，却始终对魏学洢笔下的核舟念念不忘。这种感觉并非全然来自于他细致唯美的描写，更多的还是嗟叹于他的悲情传奇。只有把一件事物放到时光流年里去看，才能真正读懂它。好像张岱的文、倪瓒的画，我看到的始终是一个时代的图景。其实，魏学洢也雕了自己的"核舟"，如此精美，如此风雅；可结局却是舟覆人亡，如此凄美，如此悲壮。

魏学洢可以选择不必为了父亲的冤狱而泣血陈情、扶棺洒泪，他可以潇潇洒洒地，依旧做他那个众人艳羡的白衣才子。但是，这个血性的男人偏偏眼里容不得沙子，坚定地留下了一句"无怨无悔"，然后昂首阔步地走向了枯枝寒鸦下的坟茔。在他离去的路上，铺满了一地芳华，满目锦绣。

他的"核舟"虽小，却度起了父亲的权益，度起了家族的声名，度起了朝堂的清风。清风徐来，水波不兴。就像东坡居士一样，他至少做了自己该做的事情，是非功过自有后人去评说。而我们当世的知识分子，又是否可以秉承魏学洢的那份血性和情怀，抛却虚名功利，驾着自己的"核舟"，与狂风恶浪作无畏搏击，为彼岸的春暖花开带来一股清流呢？

魏学洢的风骨，和他的名篇一样，是可以传世的。

甜 的 画

　　一口糖满口香，一幅画终生忆。能让孩子们既饱口福又饱眼福的民间艺术，不多。糖画便是了。

　　今年的大运河庙会真是百花齐放，沿着大兜路历史文化街区、小河直街历史街区、桥西历史街区、香积寺非遗集市次第绽开了一路。带着几个朋友随意走在运河河畔，秋风像叶子一样划过我的眼角，带来阵阵临水的凉意。而我，也是一片在运河边飘过的叶子，那么的轻柔那么的自在——飘过长长的集市，落在一场"老杭州"园游会的一隅。

　　手工木梳、牛角簪、定胜糕、牛轧糖、糖薯片……浓郁的民间艺术气息挠动着我的感观。一处摊位飘来阵阵甜香，一位身穿蓝布袈裟、戴着檀木佛珠的僧人师父正在锅里熬着一大块糖。待糖块渐渐地升温融化，他熟练地用小勺舀起一勺，将那金黄澄亮的汁液顺着勺口一丝丝浇到大理石板上。电光石火间，勺子成了一支如橡的大笔，糖液如墨汁龙飞凤舞，线条粗细有致张弛有度，走出清词丽句般雅致细腻的韵脚。

　　不过短短十数秒的时间，糖汁所过之处已长成了一只栩栩如生的梅花鹿，毛茸茸的身子、匀称健硕的双腿分明清晰可见。软糯绵香的气味随着那流畅的线条散发出来，诱人眼目，驰魂夺魄。

一位看热闹的梳着羊角辫的小女孩跑上前去，眼里绽放着奇异的光彩，嚷着要让她母亲给买下来。老师父笑了，双手合十行了个礼，便从一旁拿起一把铲子，把已经凝结了的糖画小鹿铲了起来，粘在一根小木签上。小女孩接了过来道了声谢谢，她的母亲拉着她细嫩的小手，向老师父致以一丝笑意。

　　多么富有创意的糖画，多么纯真美好的童年！

　　有温度的民间艺术、民俗风情是有时间长度的，因为它有民族文化的背书。糖画在民间俗称"倒糖人儿"，本是流传于巴蜀之地的民间技艺，缘起于明代，盛行于清朝。清人褚人获在《坚瓠补集》曾记述道："熔就糖霜丞相呼，宾筵排列势非孤；苏秦录我言甘也，林甫为人口蜜腹。"糖画可不是一门简单的技艺，可分为"熬功""勺功"两部分，绘画时线条要保持匀称、形象要生动灵巧、动作要敏捷快速，绝非一朝一夕之功。

　　很享受眼前的这一人文风景，荏苒的时光便也在锅里熬着熬着，随着糖香的醇厚步履缓慢下来，等待着我从容敲开记忆的门扉，穿越到似曾相识的旧巷弄。那是属于孩提的时光，一连串的脚步追逐在古老的杭州河坊街上，街口转角支起的糖锅尚且温热，跳跃的火苗孜孜不倦地舔舐着锅底，红糖、白糖、蜂蜜融合纷飞的槐花，被转动的风车吹出扑鼻的香甜。老艺人舀起一勺一勺金黄的糖浆，画出人生的几何图案，尖的是砥砺，圆的是包容，直的是刚毅，弯的是谦和。在那喜欢做梦的年龄，我脆生生地这么咬上一口，那带着温度的糖浆在味蕾上慢慢融化，暖心暖胃的，即使是料峭的冬天也觉心中有一轮太阳。我知道，没有糖画，我的童年就会少了乐趣；没有糖画，这座城市就会缺了神韵。传承千百年的民俗文化，是城市延续生命的气血。

关于糖画，还有个流传甚广的民间故事。传说唐朝诗人陈子昂嗜糖如命，身怀融糖作画的绝技，名闻乡里。他初入京城游学之时日有闲暇，记起从家乡带了些黄糖，便融糖画些小动物聊以为乐。一日，宫中太监伴着小太子路过，那小太子见糖画模样可爱，便吵嚷着让太监买了些品尝。没想到小太子尝对了胃口，回宫后哭闹着还要，皇上也没了辙，便召陈子昂入宫绘糖画。只见陈子昂成竹在胸，在桌上倒上融化了的黄糖，画出铜钱的样子，用竹筷粘了呈给小太子，顿时让他破涕为笑。皇上龙颜大悦，遂授予其官职。解甲归田后，陈子昂广而收徒，在家乡传授糖画技艺，终使这门古老艺术随着时光之河流淌至今。

　　民间艺术总是有适合它生存的土壤，正如喜鹊对梅枝的情意，飞得再远，也还是依恋着它发出报春第一声的地方，找到熟悉的乡土汲取养分，对着熟悉的故人纵情欢唱。人的一生或许不能做太多太大的事，穷其一生把一件事做到极致，未尝不是一种大善。酸甜苦辣，风霜雨雪，走过的路、遇到的人或许都不再重要，一颗初心才是一生最值得守护的财富。经历过现世的苦涩，才懂得纯真的甜糯。

　　陈子昂的锅融化了富贵和利禄，僧人师父的锅融化了世俗和痴妄，他们的初心都化作了黏糊糊香飘飘的琥珀色糖浆，用这桂馥兰香的汁液勾勒出人生美妙的图景。在他们的摊位前，也一定站着一个天真无邪的孩子，接过那充满人生况味的糖画，将纯真的初心、非凡的匠心一代又一代传承下去，永世散发出甜美的馨香。

大地之材

任何艺术都是材料的艺术，或者说是材料成就了艺术。这就好比阳光和水汽在天空画出了七色彩虹。

周末，我在微信公众号上报名参加了 2017 杭州余杭融设计图书馆首场材料发布会——"'大地材料'川渝沪之行"。

因之前朋友在这家图书馆教授茶道课程，便多少对艺术材料的门道有些粗浅了解。2016 年以来，图书馆成员分赴全国各地搜集遗落在大地角落的传统手工艺材料，建立起中国传统材料数据库，推进传统材料和现代设计的结合。

水到渠成，便有了这场材料发布会。

我上了图书馆二楼，只见会场后排有大量的传统材料展示——竹片、草叶、亚麻、树根、陶土、矿石，等等。这些材料安卧在玻璃容器里，五彩纷呈，像襁褓中的孩童般天真地凝望着我，我觉着好有亲切感。

30 种手艺，50 个工坊，300 种材料。他们用了近两年的时间，几乎走遍了中国的山山水水，留下了艰难跋涉的足迹。这些材料是他们精挑细拣搜集而来的，仿佛还带着他们手心的温度。

就在我沉迷在材料展示区的当口，发布会已正式开始了。主持人、馆长王幸泽先生简单地带入后，材料组的罗黛诗女士开始绘声绘色地介绍起富有艺术气息的旅行来。她看起来颇为年轻，约莫二十多岁，可谈起艺术材料来却让人觉着不失专家的水准。

她对在四川傈僳族那里搜集火草颇有心得。傈僳族的火草织布技术由来已久，目前已被列为濒危的传统民族手工艺之一。那火草学名又称"钩苞大丁草"，傈僳族人常常去山上采撷来，剥离草叶上的粗壮纤维，作为纺织的原材料之一。可是光有火草尚不足以成事，那火草纤维组织又极易撕裂，得有火麻相辅以增加柔韧度。这倒像是中药里的君臣佐使，火麻遇上火草，就注定在艺术的长河中缘定三生，再也不能分离。那火麻非得等到七八月份才成熟，长到两三米高的时候方可取其茎来晒制干透。一寸草，一寸麻，一寸寸的材料用手揉捻了，才制成可纺织的线。揉捻的仿佛不是那火草和火麻，倒像是他们的信念，一种对美好生活的信念。等到二者融于一体，织成一件件衣物穿在身上时，把对生活的美好期盼也穿上了。令人啧啧称奇的是，那火草麻布中的火草遇水会膨胀，使得火草与火麻之间的缝隙会越来越紧密，衣服越来越柔软。这份手工艺品，真的是大自然的馈赠。

罗黛诗边比画边说，傈僳人祖传的还有一件宝贝——葫芦笙，那是他们最喜爱的乐器，也是大地材料的完美结晶。葫芦笙上下两个葫芦，须采用熟透并晒透的葫芦；中间为笙管，用精选的黄竹或泡竹加蜂蜡制作而成。下边的葫芦唤作"音斗"，开孔作为吹奏的凭借；上边的葫芦称为"增音器"，那中空的葫芦结构就是一件天然的扩音装置，即便是轻微的吹奏也能"十里飘音"，作天籁之曲。葫芦笙可分成大小五种，其簧片需要入大山修篁里细细砍斫、精制而来，以竹管的气量吹奏出清雅之音。

音乐的最高境界，大概就是与天地为音了。罗黛诗播放了一段当地拍摄的演奏视频——一位身着民族盛装、脸上布满皱纹的老者，熟练地吹奏起一曲天籁般的音乐。那细长如君子的修竹，那古朴如老僧的葫芦，携手同心融合成了傈僳族最好的乐器，演绎出傈僳人心灵深处的语言。那乐声仿若落石之泉、激崖之瀑，萦绕在耳，久久不曾散去。悠扬的乐声起于优质的丝竹。这是大自然赋予的材料，是为艺术而生的材料啊。

罗黛诗又提到她在四川昭觉县的一次难忘的经历。昭觉的羊毛擀毡是一种极富特色的民间艺术品。传说古老的擀毡技艺由蒙古游牧部族传入巴蜀，蒙古部族和其他少数民族杂居，这门手艺得以传承了下来。为了完成一件毡衣，老手艺人必须挑选上好的羊毛剪了，把羊毛一寸一寸地用手弹松。没有机器，一切都来自于手艺人的经验和感觉——自古以来，最美好的艺术从来都是生长在指尖上、成长在手心里的。没有机器可以替代那种艺术的感觉。松透了的羊毛去掉杂质，便进入到了一个关键的环节——喷水。这喷水不可过多或过少，必须恰到好处。而后，利用羊毛的黏性不断揉搓，那羊毛便会越发收紧，拧成细腻的线绳。乡民穿起羊毛线绳，用手一寸寸地折出衣服的褶皱花边，唱起一首首古老悠远的民歌，一朵绚丽的民族艺术奇葩，就孕育了，生根了，发芽了，盛开了。乡民把织好的毡衣用两块木片夹起来晾晒半月，再拆去木片就可在冬日里穿用了。

可就当图书馆一行人想要购买其中一件的时候，乡民告知他们，这里的每一件毡衣都是独一无二、定量定制的。这些手中的精灵，不染一丝金钱味，它们出生的地方，注定还将成为它们的归宿。

多么神圣的材料，多么神奇的艺术品。当一种艺术不带任何杂质、不含任何杂念，而成为与它的主人间的一种心灵对话方式的时候，它是纯粹的、不能被亵渎的。

在罗女士的讲述中，一种种艺术材料及其艺术制品化作艺术的声音，在我的内心激荡出点点涟漪——福州油纸伞、四川竹编、会理绿陶、荣昌安陶、纸胎点翠等像一幅幅民俗画，绽放着不可言说的古典的美丽。

同是材料组的熊纪平先生，对盘扣艺术、草编艺术、丝织艺术及其材料有着非凡的见解。他接着罗女士的讲述展开了有关这些材料的收集、艺术创造过程的演讲，我亦是听得津津有味。

随着馆长王幸泽的再次登台，现场响起了雷鸣般的掌声。他说道，在材料的搜集过程中，见证了太多的奇迹，收获了太多的感动。在走访一位傈僳族老奶奶时，她告诉他，他们夫妻俩开了一辈子的店，把一生的积蓄都用在了购买传统民族材料上。夫妻俩又出资做了视频、音频的记录，他们没有别的愿望，只想把这些濒临失传的传统手工艺文化展现给世人、传承给后人。

"在中国，最缺的就是那些做底层工作的匠人。我们希望大家可以回到艺术的原点——材料上去，用匠心认真做事。"

他语带一丝悲壮。

在他看来，尽管太多的传统手工艺正在消亡或濒临消亡，可是艺术的材料和解构艺术的独门技艺永远不会老去。传统艺术的每件材料每个环节，都可以单独地与现代艺术重新排列组合，变成新的艺术创作。传统民间艺术也可以跟上时代的审美观，焕发出新的生命力。

多么像人生的一辈子，即使遭遇挫折和坎坷，只要心态能够重新与生活组合调和，永远都能沐浴着和煦的阳光前行。

不久，这家民间图书馆即将迎来新的馆址，坐庐山水田园之间，成为亲近大自然的一处艺术之境。相信这条为留住中国传统文脉而搜集艺术材料的道路，他们依然会坚定地走下去。

醢 之 美

　　说起小河直街，老底子的杭州人是无人不晓的。京杭大运河、小河、余杭塘河在这里"三方会晤"，北边"一横"长征桥路，西面"一竖"和睦路，南端"一撇"小河路，东侧"一捺"运河水道，框定了这个历史文化街区。白墙黑瓦的古建筑群仿若一件古雅的绸缎衣裳，那青石板桥是一排排盘扣。一脉流水犹如针线，迤迤逦逦穿越城北而去。早在南宋时，这里便是货物集散地，至清朝又成了货通南北的漕运河埠，历史的风尘扑面而来。

　　去的时候，隐约觉着有一种香味飘荡在街口。不是玉簪花香，也不是檀木清香，而是醇厚绵长、小爪儿挠鼻尖似的酱香。临河街道上如何有这种香味？带着疑问，循香步入古街，见街面西侧有一处院落，东门口立着一堵白墙，上题一楷书黑字"酱"，笔力沉雄。墙边上憩着一辆老式黄包车，斑斑驳驳地，仿佛时空穿越到了昏黄的清朝末年。

　　这便是杭城百年老字号方增昌酱园了。酱园始创于 1860 年，民国年间便已是小河街区声名鹊起的酱菜作坊，一度因战乱兵燹陷入没落，是第四代传人郑庆根据古酱谱重新研创古法制酱，才使罗雀的门庭重振雄风。酱园几百年来不改初心，坚持古法制酱，如今已是杭州市拱墅区非物质文化遗产的金字招牌。

走进古朴的院落，见一张高柜对着门，上悬浙江省政协前主席刘枫先生题写的"丽泽涵芳"四字匾额。右侧是一排酱缸，散发着豆豉芳馨的醇香；左侧几排木架上，陈列着各式酱品的坛坛罐罐，勾人馋虫。店主人一袭布衣长衫，额头上汗水涔涔，显然是刚忙好活计。他拉开一张长条木凳，给旁边的两位客人泡上了清醇甘甜的西湖藕粉，示意我也来尝尝。一碗喝下，顿觉清心。

　　目光依旧回到这些满园花草似的酱品上。魏黄姚紫，酱香扑鼻。店主拿起手机，给我看起微信上络绎不绝的订单。

　　"我们的酱品酱料，从不在购物网站上售卖，只提供给真正爱它的人。"

　　说罢，他又指了指近旁桌上的一排酱料——香辣牛肉酱、麻辣牛肉酱、鱼子酱、腌黄瓜……旁边放着些小碟小勺，原来这些酱料是专供访客试吃的。他示意我也尝尝。

　　我这人是有吃辣情结的，无奈碍于胃炎理论上吃不得，便挑了一款微辣的香辣牛肉酱，舀起一小勺触碰舌尖。这味道浓郁纯正而软糯可口，若隐若无的辣味中，又带些令人微醺的酒甜。我真怀疑是否掉进了一缸陈年佳酿里，与李太白低吟浅酌、举杯邀月了。

　　主人见我喜爱这货，就拿了一罐灌制封口的酱送我。上釉的刻花陶罐，麻绳扎纸封口，罐身贴着"匠心手作"四字菱形标签，古色古香，犹如一件祖传秘藏。

　　"吃面的时候加一点，味道特别棒，保你一辈子都忘不了！"他开怀大笑起来。

　　旁边的几位客人也被吸引了过来，纷纷向他讨教古法制酱的方法。

　　说起这酱，古代最早的名称叫作"醯醢"（xīhǎi），一种鱼肉调制的酱品，其实，它的前一个字是醋，后一个字才是酱。《礼记·郊特性》载："醯醢之美，而煎盐之尚，贵天产也。"古人食而重味，开门七件事"柴米油盐酱醋茶"中酱的变化最是丰富，故而有了把诸子百家争鸣比作"醯醢"的说法。酱的主料是"五谷"稻、黍、稷、麦、菽中的"菽"，也就是大豆了。宋应星《天工开物》记载"有黑黄两色""凡为豉、为酱、为腐，皆大豆中取质焉"。光有上好的原材料还不行，还得有好手艺，引天地之精华、日月之甘露，天时地利人和俱到，方得最醇美的酱品。

据店主介绍，古法制酱要经历选豆、烀豆、打坯、晾坯、打粑、食酱等环节，历时半年以上。得先挑颗粒饱满的黄豆煮烂了，拌入等重的小麦粉，用布匹盖上发酵。其间不时得用手去探摸发酵豆堆，觉着温度高了，就须把豆堆拨开降温通风。掺入食盐与清水均匀搅拌后，把酱料倒进一种特殊的"酱扁瓿"，置于三脚木架上在院子里晾晒。三伏天，人得站在场子上随时翻动，让酱料均匀受到阳光的充分照射，足足晒满 180 天。这哪里是晾晒酱料了，分明是晾晒匠人自己的皮肤，以至于龟裂、脱皮也是司空见惯的事情。《悯农》上说"谁知盘中餐，粒粒皆辛苦"，每一缸酱做得也很是辛苦。我刚才咽下的或许就是一缕缕阳光、一滴滴汗水，这不是稀松平常的佐餐调料，实在是一罐子非凡的匠心。

客人们在一旁品尝起方增昌自腌的酱黄瓜，语笑嫣然；路过的游客闻声，不时伸出脖子好奇地向屋子里探望。小小酱坊因了一坛好酱，很容易让人忆起清朝的那些事儿。百年老店，确乎是一个或休闲或怀旧的所在。在这个黑墙黛瓦的江南庭院，可引朋呼友喝上几盏小酒，亦可相与对坐清淡南北见闻，还可嗑嗑瓜子消磨岁月流年。传统的白铁皮串筒，温着一壶壶陈年的佳酿，向南来北往客讲述着一串串老底子杭州人的故事——"闭阁藏新月，开窗放野云"的苏小小；"以梅为妻，以鹤为子"的林和靖；"要留清白在人间"的于谦……

其实，在这个快节奏的工业化时代，生产一件商品早已不需要付诸手工，一台台机器每天可以生产成百上千瓶酱料，用目迷五色的添加剂勾兑出鲜美无比的味道。但机器再强大，也难以将一种叫作"讲究"的特殊配料调和进去。少了它，就少了酱料的灵魂。真正经久不衰的滋味，需要融入到匠人的每一滴血液中去——这是一种文化世代传承的责任。一如西南联大校长梅贻琦，在抗战的艰困岁月，校舍被敌机所炸，他亲自提着一盏煤油灯，冒着空袭危险率众日夜修缮，才保证了开学的顺利。这难道不是传承民族文脉的"讲究"？一句掷地有声的"所谓大学者，非谓有大楼之谓者，有大师之谓也"，足以洞见他的性灵了。

"未会牵牛意若何，须邀织女弄金梭。年年乞与人间巧，不道人间巧已多。"巧工巧艺，靠的是匠人们性灵的执守。这或许也是方增昌的生命之泉何以历经百年风烟，淋淋漓漓流淌在小河直街的原因了。说白了，是渗入民间工匠血液里的"讲究"，赋予了传统工艺不竭的生命。

而今，"假疫苗""瘦肉精""毒胶囊"等糟心事层出不穷，说到底就是人性中应有的"讲究"出了问题。人性开始变得不讲究，唯利是图而不知所止，势必将抑止民族的创造力，乃至于改写人类的善良基因。这让我们格外怀念方增昌、张小泉、都锦生们。他们安于陋巷、守得匠心，世代传承古法手艺，方才发酵出一罐醇香美味，打磨出一把锋利刀剪，织造出一匹五彩锦绣。

"讲究"的匠心且留下！

会呼吸的竹艺

手工艺活态馆，一个连名字都如此好听的地方。活，是生命，是生机；态，是情韵，是情致。正像北京 798 艺术区，透发着恬淡优雅的艺术气息。

这活态馆依傍在柳青水碧的运河边。与女友随性地转悠，一处叫作"心荣竹艺坊"的小屋便在道路尽头招呼我了。古雅简静的门楣两侧，有竹篮、竹筒、竹果盘依次悬挂，像树上的野果似的，散发着山野的气息。

一位慈眉善目的老人正在前台，聚精会神地做着一些竹工艺品。显然，他就是这里的"主角"了。许是读书人的缘故，我暂且略过"主角"，不知觉被近旁一处工作台的"配角"所吸引。那是一对夫妇带着活泼可爱的小女孩，正在制作一枚典雅别致的书签。书签是以竹篾剪成杭州古桥拱宸桥的样貌，粘贴在薄竹片上制作的。他们已剪了大半，依稀可见拱宸桥高崛古态的风韵。

我向来是喜好体验手工艺的，好奇心驱使我也想尝试一二，于是便叫住了作坊的老师傅。他侧过身来，颔首以示明白了我的意图，递给我一枚清香雅致的竹片和几束篾条。

顺手摸去。篾条是冷凉的，像这个季节的暮雪，带着大自然的原始密码。

老师傅招呼我细细检视参考样式，从中任意挑选想要制作的图案。我指了一套"一帆风顺"的样式，他便递给我一把剪子，让我先剪出船帆。

　　就在那对夫妇旁边坐下，放下竹材和工具。本以为这是个简单的活计，待正式剪了，才发现一根篾条宽度不足以完成整张帆，只能用两根拼合。我无奈地摇了摇头，比着那样式，用记号笔点出要下刀的点，敛了心神剪去，剪出一个梯形。

　　再用第二根篾条剪成三角形，与梯形工件一同拼合在竹片上，刚好呈现船帆的形状。至于船身的做法则是大同小异的。

　　真正的难点，是那蓝天上翱翔的几只海鸥。这海鸥要从一根篾条上剪出来，剪刀得走弧形。刚开始有些战战兢兢，总是剪得不如人意，把篾条剪出豁口来了。

　　老师傅显然是看出了我的难处，把着我的手剪下去。那刀口像是很听话似的，直线，拐弯，走出迤逦平和的步调，篾条上长出丰满的羽翼，长出灵动的尾翎。不一会儿，一小只竹海鸥便振翅欲飞了。

　　"不要着急，慢慢用刀尖去剪，这样转起来会比较灵活。"老师傅点化着我。

　　便学了他的模样，自己尝试着剪。虽说动作仍不熟练，但这回总算能剪出个大致的样式来。用胶水将几只竹海鸥粘贴在薄竹片上，配上几缕代表海浪的波纹，就算是大功告成了。

　　这是我第一次接触竹艺。虽只是简简单单的一枚书签，却足以令我受用终生了。

　　和老师傅面对面细聊，方知他是非遗传承人、宁波工艺美术大师张心荣。

　　张大师出生于东海边的象山，15岁便拜师学习竹编技艺，刚开始只是制作扁担、鱼篓、筺箩等简单的农具，却不知不觉地，把四十多年的竹艺岁月编成了锦绣人生。

"那时，只是为了养家糊口；农村人穷，什么东西都得自己做。"

一个手艺人的初心，竟可以如此的简单，像竹纸一样纯白，不染纤尘。功名、利禄、鲜花、掌声，挥手云彩，转身清风。他的箩筐里挑的，仅仅是"生存"二字。当年的奋斗，为的是自己的生存；今天的奋斗，为的是一门国艺的生存。

他的艺术追求，质朴得像是他手中的竹；或许，最初只是一个破土而出的梦想。

"勤学如春起之苗，不见其增，日有所长。"如今，他那双长满厚茧的手拨弄起竹篾，仿佛鸟雀衔枝编织爱巢一般自然。很快，一只精美的雕花竹篮便在他手上现出了雏形。

"你知道吗，竹子有很多品种，不同的工艺品要选用不同的竹子。它们也分公母，就像人那样。母竹韧性更强，适合做极细的篾丝；公竹结构稳定，一般用来做外圈，来稳定整个结构。竹子的年龄、水分、高矮，都有讲究。原材料弄错了，作品自然也就毁了。"

清风徐来的一席话，拨云开雾，穿过竹林修篁，在张大师隐士般的竹艺坊里回响。

这些年，他成立了竹编非遗传习所，招收爱好竹艺的朋友前来习艺，为象山竹编艺术的传承和发展坐言起行。他的竹艺作品享誉海内外，甚至被土耳其总统夫人阿米娜·埃尔多安精心收藏。

张大师从身边的竹架上拿起一本书稿，那是他多年积累的竹编技艺的辑录，正准备交予出版社付梓。那双粗砺的巧手，不疾不徐地翻动着厚重的纸页，发出风穿竹林般沙沙的清响。

"现在的年轻人已经越来越少去学习和传承传统竹编技艺了，这门手艺正在渐渐消逝。我想记录下我几十年的探索，以文字的方式把传统手艺传承下去。"

语带心酸。确实，传习手工竹编技艺耗时费力，年轻人需要多年的摸爬滚打，或是跟着师傅过苦行僧般的学徒生活，又有几人能够沉下心去修得正果的？这门古老技艺，终究是需要明心静气才能得道的。

他说话时的眼神，就像他打了大半辈子交道的竹子，清雅，清雅得有些本真的朴实。竹子本是"花中四君子"之一，任凭风吹雨打，始终保持着那份清心恬淡。他的气质，是配得上竹艺传人的身份的。

早在新石器时代，竹艺就进入了华夏先民的生活、生产当中，他们织竹席、编箩筐、做竹篮，把竹子的清雅融入生活日常；那份怡然自得，流泻成一曲岁月的长调。这是一种向美而生的姿态，像庄子的鼓盆而歌，曾皙的风乎舞雩。艺合于道，便能获得赴千年之约的生命了。

竹艺是生命的接力，不应有人为附加的功利；一旦沾染，就难以臻于至善之境。竹子，带着原始的生命力从泥土中来，给了世间一份清丽；又在艺人的手中复活，给了我们一份瑰丽，在天地之间保持着欢畅的呼吸。

其实艺术人生，又何尝不是面对天地人的吐纳，吸纳的是先人的智慧，吐出的是世俗的浮华。投身其间，真的要有竹边梅那样的风骨："不受尘埃半点侵，竹篱茅舍自甘心。"

编织，塑造，竹子的呼吸始终在张大师的指尖留存着，一开一翕，一张一合。只是，这个时代的空气，已然有点浑浊，这或是他的非遗技艺茕茕孑立的缘由了。

"但是……我还是相信，我的书可以影响一部分人。只要有那么几个，肯下苦功，竹编技艺的火种，就不会熄灭。"说话间，张大师的眼里熠熠透闪着光芒。

他的左手紧紧地攥着那本书稿，右手轻轻地拂去积下的尘灰，仿佛是守护着一片桑梓之地。

我没有再多话，只想静静地望着那些篾条，在他的手中渐渐谱写出一首长长的诗。

我亲自做了一个钱包

流水潺潺，舟楫轻摇；黛瓦白墙，青藤虬绕。

西塘河流经大关、勾庄这一带，形成了一个天然窄口，像绝色女子的纤纤细腰，老底子杭州人管它叫"小河"。沿河流堤岸，古街老巷徐徐铺展，给大运河水道披上了一件古风衣裳。青花瓷一样雅致的慢生活文化，轻唤着杭州人，沿青石板桥拾级而上，步入古式街巷，踩出一串唐风宋韵的脚印。

和友人闲逛至街角尽头，一家皮具店隐在一处花草丛生、落英缤纷处。推开面街微掩的小门，右侧赫然立着一排木柜，各式手工皮包在此展露风姿，玛瑙绿、玫瑰红、落日黄……能想着的颜色几乎一应俱全。紧靠门口的木桌上，皮夹、皮钥匙扣、皮挎包等等小皮件向访客夸耀着皮具家族的繁盛。

一位身形修长、眉清目秀的男子，围着一块浅蓝色皮围裙，在整木桌案的一端专注做着一只深灰色钱包。

"您好，我叫小胡。先生您想做点什么？"他闻声抬起了头。

我向来是对手工艺有些兴趣的，想起口袋里那只钱包用了四五年了，边缘早已皱裂磨破，便与他说了想要重做一个的意思。

他欣然应允，指着墙上挂着的一幅色板，让我任意挑选心仪的颜色。

"灰色吧，像我这样的商务人士显得更搭调一些。"

他便去库房里取来了一张电视屏幕般大小的灰色皮革。我竟然没有注意到，这屋子后面还有一间库房和一座花园。透过明晃晃的玻璃窗朝花园望去，三两只乳白色凳子闲适地排开，仿佛美人正沐浴着从玻璃天花板上泼洒下来的阳光。在成团花草的簇拥下，这情形让人有些情迷目醉——情不自禁想起了北欧式的简约。

"这第一步叫作开料，就是把做钱包所需的皮料用剪子剪出来。你可以照着这个模具的样子来剪。"他递过来一张梯形的、边缘有许多针孔的纸板，那正是钱包展开后的样式。

于是，照猫画虎，用这张小纸板贴着那张灰色牛皮，剪出个同样的模样。只是中途约莫手抖了下，一条边被我剪得短了两毫米的样子。心想应该是没有什么关系的，于是跟着他继续下一步的工序。他告诉我说，这第二步需要用一根钻子，沿着纸质模具上画的小孔，一个个地钻出小洞来。

"那些都是你等下要缝的针孔。光用钻子钻还是不够的，你等下还要用到这个——"

见他递过来一个锤子模样的工具。锤子是铁柄橡胶套头的，面上有些凹凸不平。随即便弄明白了，是要我用它敲打一种金属钻孔器具，将钻出的小孔扩得更大些。

我一一照办。当然，这些并不算是很难的，即便驽钝如我，也能像"徙木立信"故事里搬走木杆子的那个汉子一般不费吹灰之力。只是这工序颇为耗时，那一个个地打孔，没有姜太公钓鱼的耐心，着实做不下来。

哪知当我把做好的皮料递给他"验收"时，他仅凭肉眼观察了下，便告知我边缘短了一小寸！如此"火眼金睛"把我蒙混过关的企图给识破了，显然让我陷入了一种莫名的委屈。

"那块料已经没有用了，等下缝合不起来的。我还是帮你重新找一块吧。"他甩过来的这句话犹如响鼓轻擂，让我脸颊阵阵发烫。我再次请求他是否可以黾勉从事下一步，他还是断然予以否决。

看来，不重新开始便意味着前功尽弃了。我坐在那儿愣了好一会儿仍缓不过神来。

"这种事在我身上发生得也很多，只是没有办法，差一寸也是需要重新来过。用行话说叫'手拙不欺包'。"他如是安慰我。

为转移懊丧情绪，我转而问起他最初学做手工皮具的缘由。他的眼神顿时放出一抹亮色，像风荷上的露珠般晶亮。

"我大学学的其实是工科，最后毕业了却失了专业兴趣。一次，跟着去了朋友开的皮具小店，竟然一下子就喜欢上了这门手艺。于是，自己也跟着琢磨，渐渐地也就上手了。"

想不到，他有着这般传奇的经历，他的跨界发展，一定有说服自己的逻辑在支撑。他循着内心深处的声音，把梦想捻成丝线穿在钢针上，修正它，缝合它，一切都是最好的成全。想起自己刚才的窘迫，实在是显得有些脆弱。

"其实做这个，赚不了几个钱。刚开始很难做出这样的决定。只是当自己真的做出一件像样的皮具的时候，忽然觉得所有的付出都是值得的。"

"那您是无师自通吗？"我按捺不住自己的好奇。

他的目光转向屋子一侧的书架。我走过去，发现书架上码放着不少关于皮艺的书籍，也有松浦米太郎的生活美学书。搭配着一旁的铁艺花架、绿植，素雅，简静。我走过去信手翻阅了那些书籍，发现书页上圈圈点点如繁星，一看便知主人是真正的读书人，而非伪文化人。忽然明白过来，小胡的登堂入室，来自于他丰富的知识涵养，和他对生活美学的独到理解。

接下来，他开始教我制作皮具最为关键的缝线工艺。这种缝制方式叫作"单面打孔双波浪缝线"，也就是拿两枚分别穿了线的小针，右针从皮具正面穿起，过针后，以拇指和食指握着针体，尾指勾住还未过针的线，让右手的线整体向后，左手的针从小孔背面穿过右手尾指勾拉着的线圈，再将两股线拉紧压实。而后，左针再穿回来，左右互换反向操作一遍即可。

按照这种针法，我从第三孔开始缝制。上下细密地缝着，手却仍然生疏地不听使唤。到了皮夹的侧面，需要缝合一小块额外的皮进去，可针线穿着不稳当，老是掉。小胡在边上见了，便帮衬着我缝了那几针，完成了画龙点睛之笔。约莫花去了我三个小时，总算是大功告成了。

捧着自己亲手制作的真皮钱包，内心的欢愉自然是不消说。只是小胡对我说，这尚且只是最简单的款式。

这时进来几位新客，围着架子上一件圆筒形皮背包左看右看，爱不释手。

"就像那件，难度极大，没有一个礼拜绝对做不下来！"

"这些都是你自己做的？"

他微笑着点点头。很难想象，这一屋子的手工艺制品，倾注了他的多少心血。说起来，如我这般的终究不过是体验生活的过客；而他，才真正是抱朴守拙敬业乐艺，一心一意挥洒着青春，有种王羲之蘸着墨汁吃馒头练字的痴。也许，这种坚守很难一直充满新鲜与快乐，正如皮具不会弥久如新，终究会有磨损老化的那一天。而他至少选择了倾听他内心的声音，把原本不属于自己的生活压缩、打包，留给花季的自己，留给有梦的自己。

我亲自做了一个钱包，你知道我有多快乐吗？

Chapter 03 | 艺苑风华

第 三 卷

∨∨

旗袍之恋

　　旗袍，总是带了些旧上海的风韵，像是在老电影放映机里滚动的胶卷，又像是从胜利牌留声机传来的《夜上海》旋律。

　　旗袍的美是清丽的，是恬淡的，是典雅的。右斜襟开口，青花初绽，锦绣暗生。二十世纪二十年代，历经新文化运动的洗礼，它以满族旗服为样本惊艳现世，在裁缝的剪子下，长出了独特的丰姿韵态；它用丝质的面料，凸显出东方女子娉婷曼妙的身体。从此，它将女性的魅力彻底翻篇，拨开歧视与鄙夷的目光展露芳华——人们终于意识到，女人，不再是那语带娇羞的三寸金莲，而可以是着一身锦缎罗绮的雍容华贵。旗袍像一叶擎举白莲花的荷叶一般，衬托出新女性的优雅气质，赋予她们独特的韵味和唯美。

　　在我看来，没有比旗袍更适合入诗吟诵的服饰了。

　　如果旗袍流行在千年之前，汉赋元曲唐诗宋词是一定会为她留出位置的。《孔雀东南飞》所吟的"妾有绣腰襦，葳蕤自生光""著我绣夹裙，事事四五通"，《长恨歌》所诵的"风吹仙袂飘飘举，犹似霓裳羽衣舞"，我是更愿意把"绣腰襦""绣夹裙""霓裳羽衣"当成旗袍来欣赏的。旗袍终究是晚来了千年，但这并不重要，她的雍容华贵足以令她散发出诗歌的气质和光泽，或者干脆说，她就是一首朗朗上口的诗。

如果说要为旗袍选择一个代言人，想必我是会选择张爱玲的。她说过，"女人一生中最该收藏的两样东西，一是玉镯，一是旗袍"。

她总爱穿着华丽而色彩对比强烈的旗袍，外边罩着件小皮袄。别人说她打扮怪异，说她荒诞不经，这个讲究情调的女人却总是毫不在意，付之浅然一笑。

在《更衣记》里，她写下了这样的文字："中国人不赞成太触目的女人。"满清三百年，女人们活在男人的膝盖下，活在气氛压抑的封建礼制屋檐下，从来不曾想过自己身上的衣服，竟然可以穿出如此隽永的味道。见惯了被大烟控制了心神的父亲，面对着撂下家庭说走就走的母亲，她太渴望呼吸新鲜的空气了。她用稿费买旗袍，买了布料做旗袍，花钱如流水，只为拥有今生今世的倾心。

1956 年，当穿着蓝花缎质旗袍的张爱玲站在美国麦克威尔文艺营，她就像一朵盛开的矢车菊，冰肌玉骨，丽质天成。所有人都把赞许的目光投送给了她，投送给那充满东方神秘色彩的、浑然天成的旗袍。

鲜衣怒马的生命里，本来就不需要向世人谄媚，她只懂得活出自己的别样精彩，却在自主的选择间，成就了惊世的才情与风华。

旗袍，早已成了张爱玲血液里的一部分。如果没有胡兰成，或许她的生命可以一直那样的纯粹，纯粹得像那清晨析出的露珠。可是命运的折叠，总是来得如此冷酷无情。夹杂着战火的尘灰，诽谤、攻讦、质疑，舆论如利箭穿透了她那一身丝滑华贵的旗袍——说她是汉奸夫人，说她攀龙附凤，她的精神深处泅出殷红的鲜血。她忍受住了这一切，却忍受不住爱人无情的背叛。多少个夜晚，她对着心爱的旗袍流下悲情的泪水，独自承受着心中的创痛。

直到她在美国遇到赖雅，对着病榻上的他，兴冲冲地用被面改制了一身华丽的旗袍，听着心爱的人儿对她含笑带泪道出一句"你真美，穿上旗袍更美"，这个柔情似水的女人，才重新找回了那遗落已久的最初的心动。

第一次关注旗袍，是在电影《色·戒》里看到的汤唯那一身藏青色的旗袍，那才叫风华绝代、清丽婉约。我第一次感受到旗袍之于女人的魅力，竟然可以如此神奇。那时候青春萌动的我，便幻想着生命中的另一半，最好是这个模样的。

旗袍，生来便是裹着女人的香魂的，见证了女人由小家碧玉到风华绝代的时代印迹。量体，制版，缝制，上盘扣，看着那阴丹士林在裁缝师傅手中变成一件件精美的艺术品，没有哪个女人不为之心旌摇荡的。所谓量体裁衣，须精确测量人体的 36 个部位，领口、腰际、肩宽，完美拟合了人体曲线，没有十数年功力绝难完成。再说制版，得一笔笔在纸上画出样儿，前片、后片、拿剪子细细裁出，一丝不苟，毫厘不差。一针针的丝线经络般串起那绸布缎料，一个千娇百媚的灵魂便顺着丝线施施然游走，摄住人的心魄，撩拨人的神经。当一身浮翠流丹的旗袍经千万针缝制蝶变而成，艺术地凸现人体优美的曲线，对一份感情的所有等待与守候终于化作了一生挚爱的那个人，真真切切地站在面前。就像张爱玲眼前的赖雅，那么的可爱，那么的从容；就像赖雅身边的张爱玲，那么的妩媚，那么的优雅。

就算用一生去守护，就算一切都化作了齑粉，也无怨无悔。瞬间倾心，恒久钟情。

女人追求爱情的轰轰烈烈，往往比男人发达的肌肉更有力量。就像旗袍的娇而不媚、华而不俗，为换回这倾心一刻的动容，即使承受那千万针的苦难，它也在所不惜。即使不发一言，她的等待、她的守候早已预示着，把心都毫无保留交给你了。这华而实的美，在岁月的磨砺与淬炼中逐渐升华，哪怕等到满头华发，她在顾盼之间的微微一笑，也带着最初的心驰神往。

　　记得有一次在杭州青年路上走过，一家名为"振兴祥"的百年老店吸引了我。那里面的各式旗袍美得让人心动心醉。近百年无数个日夜，每一件旗袍都历经了岁月的淘洗，每一道工序都照顾了顾客的需求，每一个盘扣都带着匠人的体温——旗袍蕴含的那种诗情画意的人文美，让这家看似普通的老店变得不再普通。我终于明白，正是靠着一代代人匠心的传承，旗袍才展露了她倾城的芳华。老艺人想必是懂得张爱玲们的，他们一辈子的情和爱，都在他们的一针一线上，直到老去。

青春长歌

从戏曲到民歌，她用声音播撒着爱的芳香；从台下到台前，她用汗水浇灌出艺术之花。什么样的歌者可以有撼动人心的能量？

沿着花木小径，踏进浙江歌舞剧院的艺术殿堂。从声乐厅朝里望，一位衣着素雅的女子像是一朵高洁的百合花，透着淡雅的芬芳。高亢清亮的歌声穿透门隙荡漾在我的耳畔，像是暑天清冽的虎跑山泉，洗涤着我的心肺。

她就是中国民族歌剧《青春之歌》女主角林道静的扮演者——全国青联委员、浙江歌舞剧院国家一级演员、首席女高音歌唱家郑培钦。

轻推门，就在旁边的椅子上悄悄坐了，看她排练。《青春之歌》作为浙歌史上首部原创歌剧，在她和同事们的倾情演出中款款走来，青春洋溢。她边演边唱，岁月光阴仿佛在耳边悉数老去，老电影般放映着二十世纪三十年代进步青年充满理想和激情的救亡图存故事。

她的声音犹如天籁，让人陶醉。此刻，她和一位男演员正在搭戏，他们互相交流着眼神，演唱起剧中旋律最为优美的二重唱《上弦月》，唱到动情之处，让人忘了她是谁，仿佛她就是林道静，林道静就是她。我，还有坐在边上的观者，都早已感动得泪目，似乎舞台已杳杳然隐去，时光已渺渺然倒流。

"时间不早了，休息一下吧。"导演在一旁轻声提醒着，入戏很深的她却仍在那儿忘我地演着。

等到"林道静"终于变身回生活中的郑培钦，已是午后。阳光瀑布般泻进她的办公室，卸了妆的她就坐在我的对面，那么端庄，那么阳光，那么青春。

"《青春之歌》是浙江省委宣传部、省文化厅 2017 年度重点项目，入选了文化部'中国民族歌剧传承发展工程'重点扶持剧目。"

这部剧自七月初开排以来，剧院特别邀请了我国著名歌剧导演张曼君及其主创团队共同打造。担纲主演的郑培钦每天最早一个来到剧院，最晚一个离开。从艺二十多年，仿佛她等待的就是这部歌剧、这个角色。她反复练习声乐，反复回看排练录像。剧院里的青年演员多，有些还是没有毕业的大学生，她也不顾劳累，手把手教他们走圆场，教授基本的表演技能，直到每天下班离去，亲手关上剧院的最后一盏灯。

"我已习惯了这种工作节奏。记得在拍《美丽浙江》MV 的时候，是 2014 年 12 月，零下 2 摄氏度。我站在普陀山的盘陀石上，穿着轻薄的真丝演出服，冒着凛冽的海风，整个人冻得瑟瑟发抖，差点站不住。第二天又转战到西湖拍摄，穿着旗袍光着脚站在西湖的水里一拍就是三个小时，嘴唇冻得发紫，还要表现出一副很自豪很愉悦的表情。航拍器一遍遍从头顶飞过，鼓风机吹得浑身像针扎似的，这时脑子里就浮现出很多英雄人物。我想，我一定不能倒下。"

MV 拍摄结束后她就感冒发烧了，整整一个月才缓过来，身体刚恢复她便又重返岗位。她热爱舞台艺术，艺术是她的第二生命，舞台是她的心灵家园。

看得出，她柔弱的外表下包裹着一颗坚强的心。

"这段时间天天排练，嗓子哑了，喝几口胖大海接着唱。只有自己知道自己的病痛。"

梅花香自苦寒来。在她光鲜亮丽的舞台形象和大堆荣誉的背后，有着多少不为人知的艰辛付出。精湛的艺术往往伴随着苦涩的体验，病痛劳累总是羁绊着歌唱事业的步履。对艺术的不懈追求和全身心投入，造就了郑培钦歌唱艺术的炉火纯青。

艺术的气息，萦绕在她的琴架上，闪烁在她的眼眸里。她笑着说起她的一桩"糗事"。

"有一次独自一人在北京录制节目，等飞机的时候就在候机大厅咖啡吧里睡着了，等到醒来，飞机和行李都已经飞到杭州了。"

生活中的"糊涂"换来的却是艺术上的跃进，这或许是艺术家的一种特质。

"你知道吗，"她一脸认真地说，"其实不论唱歌还是演剧，都要从心出发，用心歌唱，要用真情实感去演唱、演绎。想成为一个优秀演员，不仅要有深厚的专业功底，还得有一份至真至纯的艺术情怀，心无旁骛，甘于寂寞。"

"一个演员，到了演剧的阶段，就要学会充分理解作品，忘却自我，让自己成为剧中的人物。这部歌剧对我而言是又一次全新的考验，我还得抠抠细节，让林道静鲜活地站在舞台上。"

我忽然见她的眉宇间多了一股书剑气，属于矢志不渝向往光明的林道静们的那种气质。它像一首屈原的古曲，激越的乐音嘈嘈切切叩问着心灵；又像是一幅莫奈的油画，分明的线条层层叠叠闪耀着斑斓。

艺术无止境，在郑培钦的演艺生涯里从来都只有开始。早年她学了八年戏曲科班，后来改练民歌，再后来又演话剧、舞台剧；而面对歌剧，她谦称自己还是一个学生。她的眼睛里永远闪耀着好奇的光芒，她希冀用生命的激情在舞台上塑造出一个个青春的形象。

转眼间，她的助手来催促，她对我说了声"抱歉"，便又步履匆匆回到声乐厅继续排演。在声乐厅，我见到了浙江歌舞剧院声乐团团长邱昱女士。

"培钦，她真是一个难得的好演员，她就是为舞台而生的。"她说，"她最优秀的品质就是善良，这是她最感动我的地方。她经常去偏远山村，去那些文化礼堂为农村的孩子们演出，不要一分钱报酬。自己工资不高，却长期资助了好几个贫困学生。她还是中国人体器官捐献爱心大使，是浙江省第 500 名器官捐献志愿者呢。"

我不禁有些诧异，记录的笔也随之停了下来。

"真的，她其实身体不太好，孩子还很小，事业家庭都要兼顾，她过得很累。我都看在眼里，真的很让人心疼。"

邱昱提起郑培钦的人格魅力，赞不绝口。

"她总用行为说话，也为行为歌唱。"

"她就像《青春之歌》那个年代的知识分子一样，不懈地为理想和信仰奋斗。这正是现在的不少年轻人所缺乏的。她比谁都谦和，非常有亲和力，对名利又看得很淡，为人处世很难想象这是位歌唱家，倒更像是邻家姐妹。"

这时，浙歌合唱团副团长、主持人王璐也在一边插上了话。"是的，她经常说：'我再唱一遍，给我提提毛病。'她虽然已经那么有知名度了，可一直像孩子一样抱着学习的态度在求索。"

　　是的，郑培钦是一个不知疲倦的歌者。她不会满足于事业的成功，她所拥有的或许只是代表她的过去。她的眼瞳里蕴藏着求知的渴望，歌唱艺术已经融入了她的生命。我看着她舞动的身影，那么的纵情投入。一招一式、一唱一做、一颦一笑，都艺术地表达着剧中人丰富的内心世界。那俏丽，那温婉，那如痴如醉的模样，像极了雪小禅笔下的京剧名伶张火丁，"情到深处，俱是孤独"。

　　把艺术变成生活的眷侣，生活便会散发出馨香。

　　　　上弦月，月半圆，
　　　　星辉点点洒海面，
　　　　上弦月，月半圆，
　　　　星光熠熠耀人面。
　　　　弯弯的笑靥，洁白的脸，
　　　　心跳着欢声，潜流着爱怜；
　　　　浓浓淡淡，深深浅浅，
　　　　那是青春的缠绵，青春的月圆。
　　　　上弦月，化月圆，
　　　　星辰转，朝霞丹。
　　　　让我们一起去看，
　　　　那真正的彼岸，
　　　　一个新气象的强大中华，
　　　　九州鲜花香遍！

　　在百灵鸟一般的歌声里，山绿了，水清了，花儿开了，时间也放慢了脚步。我想要嗅着她的歌声静静睡去，直到月圆。

南戏遗音

千年前，唐朝诗人白居易曾写下"野火烧不尽，春风吹又生"的千古佳句，流传至今。千年后，有种民间曲艺一度濒临失传，却又如野草般顽强复活，茂茂生长。

那就是古老的新昌调腔了。

"和羹之美，在于合异。"新昌调腔，又名新昌高腔，是元朝统一中原以后，"北曲南移，南腔北上，南北声腔交融"的产物，为中国最古老的戏曲声腔之一，亦是"明代南戏"四大声腔之一余姚腔的遗音，被公认为是"中国戏曲的活化石"。调腔特色浓郁，其"不托丝竹，锣鼓助节，前场启齿，后场帮接"的干唱形式，在戏曲史上极为罕见。调腔所拥有的剧目可说是贯穿了整部中国戏曲发展史。它不仅拥有素有"戏祖之称"的目连戏、始于宋时的老南戏、形成于元代的元杂剧以及明清时期的传奇剧，还有新编历史故事剧和现代戏。

张岱在《陶庵梦忆》中记载："朱楚生，女戏耳，调腔戏耳；其科白之妙，有本腔不能得十分之一者。"伶人朱楚生用生命唱调腔，可见自明朝中叶以来调腔艺术之葳蕤盛景。调腔，历经六百多年的世事变迁而余韵犹存，见证了梨园兴衰而历久弥新，婉婉转转地回漾在浙东越地的庙会集市、谷场礼堂。

可是，即便曾如此兴盛的古老剧种，依然难逃式微凋零的厄运。二十世纪，调腔历经兵燹战乱、"文革"动乱由盛转衰，一度濒临失传，不仅专业剧团人才断层严重，且优秀的调腔话本和艺术家散佚于民间，踪迹难觅。这门古老的艺术，一度从天堂跌入了深谷。

历史总是上演"柳暗花明又一村"的戏码。扎根于乡土的艺术，永远不缺观众，因为它不知疲倦地为真善美代言，无所畏惧地对假恶丑挞伐。这萌生自良善天性的民间艺术火种，不会因世风俗雨而熄灭。终归是有铮铮的脊梁骨，撑起调腔艺术的精魂。

国家一级演员、新昌县调腔保护传承发展中心书记、主任王莺女士正是这样的"脊梁骨"。作为国家级非遗项目新昌调腔艺术传承人，她以一副髯口、一双高寸靴登上戏台，开创了女子饰演老生的先河。

不同于小生、花旦，老生的气势必须镇得住场。以她一介女子开老生腔，如同墙头走马，殊为不易，但她却凭借扎实的功力和精湛的演技，塑造了一个个光彩夺目、深入人心的舞台艺术形象。2018年重阳节，在新昌石柱湾村公演《闹九江》，她扮演的"张定边"一声开腔，气冲霄汉，仿佛惊得山川草木飞禽走兽也竖起了耳朵。唱到情深处，台下的观众不禁鼓起掌来，叫好声一浪高过一浪。

梅花香自苦寒来。1987年，王莺年方17岁，百废待兴的新昌调腔剧团重新开班招生。怀揣着对曲艺的美好梦想，她走了十几里山路，只身前往镇文化站参加考试。山里的冬天是冰雪世界，山路上结满了冰凌，寒风料峭彻骨。走到文化站时，她的双腿冻得像红萝卜似的，已不听使唤。她的专业考试成绩名列前茅，命运却给了她沉重一击。由于调腔人才的培养针对的是15

岁以下的少年（孩子小身子骨好塑形），超龄的她似乎已没有多少成长的空间。在要不要录取她的问题上，颇有争议。

幸运总是眷顾有心人。正是那次招考，她遇到了她后来的师父、调腔表演艺术家张英正先生。他见她身材高挑、骨架宽大、声音浑厚高亢，认定这是一个演老生的好苗子。尤其是当他得知她是独自翻山越岭走着来应考时，被她学艺的诚心和执着打动了，当即拍板予以破格录取。

王莺成为新昌艺校调腔戏训班的首期学员，师从张英正，开始了为期三年艰苦的基本功打底训练。与小生、花旦为主的越剧不同，调腔角色是以老生和花脸为主演的。一个弱不禁风的女生，戴起重重的髯口，穿上厚重的戏袍，学起了老生跷脚鹤行的步法、浑厚如钟的唱腔。

幸得名师授艺，她格外珍惜、格外用功。她每天四点半起床，打着手电筒，在朦胧夜色中摸到由教堂改建的排练场练功。"吱呀"一声推开大门，里面灯光昏暗，胆小的她总担心有什么恐怖的东西跳出来。师父起得早，照例已候在那儿了。老生组六个人，数她年龄最大，骨架子都差不多长硬了。那种耗费体力的朝天蹬，她每日得压着腿坚持半个多时辰。压腿，跑圆场，然后便是开腔吊嗓。"嗯啊……嗯啊……"那纯净清亮的嗓音，像是清晨黄莺的歌唱，带动了一连串的鸡鸣。

但身为女生的她，心中一直暗藏着对花旦的情结。那日师父一走，她便开始偷偷学起了花旦的唱腔。"咿咿……咿呀……"从小接触越剧的她，多么希望自己能和那些旦角一样展开柔美的歌喉，轻移莲步，纤腰束素。虽然，角色定位令她必须忘掉自己的女儿身，可她实在没法忘掉啊！

她的串角偷艺，终究被师父发现了，她受到了狠狠的责骂。

师父告诉她，在舞台上，必须忘掉自己的性别，你就是一个须眉汉子。要是被观众辨别出来女扮男妆，那就是失败的。师父的话，如一记响鼓重锤。从此，她心无旁骛专攻老生，生生地把自己的嗓子练得如男人一般粗犷，直到所有观众都以为站在台上的，就是一个虎生雄风的老生。

就像《我在故宫修文物》里的匠人一样，她在师父张英正的倾囊相授下，完成了从学员到名角的蝶变。她说，既然选择了为艺术而献身，就当终生无悔。她演《闹九江》《反五关》《程婴救孤》……塑造的角色一个比一个传神。唱念做打剑舞春秋，她终于悟出了新昌调腔的真正内涵：找到自己在戏剧艺术中的位置，并为之付出一生。人生如戏，戏如人生。其实人的一生，又何尝不是在寻找和定位自己的角色呢？

二十世纪九十年代初，新昌调腔陷入了一个低谷，许多老同事都转行其他剧种，去了外地发展。如一粒逆风生长的种子，王莺放弃了进上海越剧院主攻越剧老生的绝佳机会，选择了留在小山城，坚守这片保留着调腔最后一滴脐血的土地。她告诉自己，调腔艺术需要后继有人，她绝不能背弃自己的初心。她言传身教，将老生的家国情怀和忠义担当，融入到下一代调腔传人的艺术血脉中去。

2006 年，在轻喜剧《挑水伯》中，她饰演了一名运用智慧揪出命案真凶、为错案无辜伸冤的小人物，这是她不曾挑战过的角色，没有程式可循，需要将老生的唱做和丑角的表演融为一体。更难的是，她必须抛开过去饰演的忠臣良将的形象，将朝堂之上的正义与仁德，化作民间的幽默与诙谐。她知难而进，丢下了舞惯的大刀，舞起了毛竹扁担，扁担两端的绳钩不时打在她的身上，青一块红一块旧伤复新伤，但她依然舞得呼呼生风。戏中要从一米五高的平台上直接抢背入"井"，她练得多次脊椎扭伤，但她没有退缩。

"台上一分钟，台下十年功。"正演的大幕拉开，聚光灯下，只见"挑水伯"一招一式、一唱一吟，把观众的心牢牢抓住。随着剧情的展开，一个仗义执言、机智过人的江南"阿凡提"形象栩栩如生地展现在观众面前。那"挑水伯"的每一个动作、每一个眼神，乃至他的傻笑、苦笑、大笑，王莺都演绎得惟妙惟肖。舞台上的她是那么的投入，甚而忘却了脊椎的伤痛，坚持将这出戏演到最后。当全场的观众都站起来向"挑水伯"敬以掌声的时候，她终于明白了什么才是值得的付出。

丹纳在《艺术哲学》中说，任何艺术都不能脱离时代的土壤。王莺一直怀有一个愿景：艺术应拆去高墙深院，让更多普通百姓分享艺术本身单纯的快乐，在快乐中分享美育，这是民间文艺带给普罗大众的应有的福祉。在她看来，新昌调腔发展至今，绝不能没有创新与升华。动作、念白、唱腔、配乐、舞美种种，在保留传统艺术特点的基础上，适当引入当下流行元素，推出符合今人审美情趣的新戏，既是对观众和演艺市场的主动贴近，也是赓续古老剧种生命力的明智之举。

2010 年，新昌调腔剧团创编了新编廉政历史剧《甄清官》。甄完这位明代的新昌乡贤，六百多年来一直被老百姓广为传颂，他为官清正、刚正不阿，堪称廉吏楷模。这么一个正能量的清官形象，由谁来担纲主演？自然非王莺莫属。王莺表演清官可谓轻车熟路，然而这个人物却让她压力山大。中国戏曲舞台上的"清官"，以不同的品格风范传颂于世，而《甄清官》中的甄完，要找到他有别于其他清官的"这一个"独特神韵，在清官形象的共性中突显个性特质，的确颇费思量。

王莺在文学功底并不深厚的情况下，潜心研究剧本以外的人物元素，上图书馆查史料，赴甄完故里访老人，求教对甄完有研究的学者……写出了一份源自生活见地独到的《人物自我分析》。她要求自己最大限度地走近甄清官，所演角色不仅形似，更要神似。

调腔艺术有其独特的声腔音乐，其中不托丝弦的"干唱"，最考验演员的基本功，有时起唱无音乐提示，调门高低全凭演员出腔定音。在"炼狱"一场戏中，王莺一气要唱十五句"干唱"，更重要的是唱腔的情感处理必须细腻，一字一音都要表达出人物的情绪起伏，她唱得精准到位、声情并茂。

调腔老生表演程式与众不同，讲究粗犷中见细腻、阳刚里藏绵柔。王莺自己设计身段，以独创动作来刻画人物的心理状态。如"水斗"属于虚拟的舞蹈场面，动作和情绪都必须放大，走快台步圆场时，她用了"花旦式接踵小步"，快移步而不动身，表现了人物焦急的情绪；而在"炼狱"戏中，人物情绪波澜起伏，王莺基本不用戏曲程式动作，而是以内心情感的真实流露"生活"在规定情景中；又如髯口功的甩、捋、挽、抛、挑也不像传统戏表演那样的大幅度劲道，而是力求自然舒展、贴近生活。

《甄清官》从新昌、绍兴、杭州一路演到北京，巡回演出超百场，观众场场爆满，演出消息还上了新华社、央视和《人民日报》。一时间，王莺与"甄清官"画上了等号。因过度劳累，她几次昏倒在舞台边，医生诊断为甲状腺结节严重，必须住院手术，但王莺从不因身体原因而影响演出。

一路风雨，花开满径。如今，王莺已为新昌调腔的复兴打拼了半生。她为调腔而生，调腔也给了她丰厚的回报：2007年浙江省第十届戏剧节，在《挑水伯》中饰挑水伯荣获优秀表演奖；

2012年浙江省第十二届戏剧节，在《甄清官》中饰甄完获优秀表演奖；2016年绍兴市第十届戏剧节，在《闹九江》中饰张定边获颁特别表演奖……"臣东征西剿十数载，鞍前马后紧相随……"2018年10月31日晚，王莺高亢苍凉的唱腔响彻杭州剧院。她以一出堪称完美的折子戏《闹九江·闹堂》，为自己刚刚获得的浙江戏剧奖·金桂表演奖写下注脚。

在调腔艺苑，她不是一个人在战斗。正是像她这样为了调腔艺术的生存和发展上下求索的一批艺术家，让古树开出了新花。2006年，新昌调腔被列入首批国家级非物质文化遗产保护名录，成为了政府重点扶植的文化项目。2013年，新昌调腔剧团改制为公益性事业单位——新昌调腔保护传承发展中心，新昌调腔愈加注重地域文化的传承与推广。这门古老的艺术不再是无人理会的沧海遗珠，开始受到世人的青睐。

考入调腔剧团的时候，王莺的父亲勉励她，要好好练功习艺，不能满足于跑龙套："要做，就要做有名有姓的角色！"从艺三十一载，王莺一直以这一目标鞭策自己。如今，作为新昌调腔的"当家人"，她带着全体调腔人，推动调腔逐步振兴，在中华戏曲之林闯出了一片新天地，从昔日的"养在深闺人未识"，成为了"有名有姓的角色"。

山阴布衣徐文长诗云："东风吹雨杨花落，清歌细绕鸣钟阁。"我仿佛听到与调腔同一辈分的明代伶人朱楚生那一声声、一嗓嗓的南腔北调，应和着王莺的调腔，流淌在江南的石板桥、美人靠、马头墙、荷花塘上。这语带清响的越音，再听六百年都不过瘾！

纸飞机的头等舱

子羽是我初中时的同学。

他没有朋友，一个人总是神神叨叨地独来独往，没有人知道关于他的一切。同学们所知道的，是每次他在考试排名榜上排名倒数。

在那个灯光昏暗的教室里，我望见他憔悴而疲惫的面容。他的眼睛扫了扫那块黑板，上面写着密密麻麻的数学公式。他看了一会儿，忽又低下头去注视课桌的抽屉。

那里面似乎有着什么东西，他用两只手轻轻悠悠地摆弄着，忽而又回过头来看一眼黑板上的公式。

老师在讲台上正起劲地讲着课，他只瞄了一会儿，又把目光转到抽屉里，两只手重新开始摆弄起来。

"……关于这个问题，请子羽同学来回答。"老师冷不丁抛出了一个问题。

他顿时脸色煞白目光呆滞了，双手"嗖"地收回到了课桌上，像是晴天打下了个霹雳，来不及作出适时的反应。

"我……我……"他结结巴巴地站起身来，眼神不由自主地望向窗外。

"你抽屉里的是什么？"老师的言语顿时严厉了起来。

"没……没什么……"

老师还是径直走了过来，一把将他抽屉里的东西拽了出来。所有人的眼神都望着那个皱巴巴的东西——一只纸青蛙，确切地说，是一只栩栩如生的纸青蛙。

望着众人惊愕的眼神，他真想找一个洞把头埋进去。

"上课玩这种东西?"

老师不说二话，把他的纸青蛙撕了个粉碎。可以想见，在撕碎它的那一刻，连同子羽的心也一齐撕碎了。

事发后一个多月，我几乎没有见他说过话。

那天，我在走廊上看到他，见他一个人靠着栏杆痴痴地望着教学楼对面的山峦。山影在他的瞳孔中起起伏伏，像一连串沉重的呼吸。

我轻轻地叫了声他的名字，他转眼望着我。

"你……是不是很喜欢折纸?"

他没有说话，只是约略地点了点头。我知道他一定是深爱着折纸的。我拿出了一张纸，饶有兴趣地问他："你能教我折纸飞机么?"

他犹豫地摇头再摇头。

"真的，我很想学。"我目光如炬地看着他，仿佛期待奇迹的发生。

"好吧，我就……教你一次。"他拿过纸张，随手就折了起来，熟练的手势活像金庸武侠小说里的六脉神剑——对折，上折，水平折……

"先把纸张对折，再把左上角向下翻折……再把左边顶角往右边折一下……"他开始讲解起折纸飞机的步骤。而我，傻傻地望着他。因为我从未见过他如此认真。

不一会儿，便在我的眼前出现了一架平头的"战斗机"，流线的形状。

我似乎还能听见，那种若有若无、由远及近的喷气的声音。

我几乎就要惊呼起来，从来没见过如此精湛的折纸艺术。

"太棒了！你简直是……天才！"

"你在取笑我吧，我什么都不会，每次班里考试都是倒数的几个……"

他说着说着，眼眶里便微微有些红湿。

"不，你千万别这么想，你有你的长处……"

他叹了口气，却再也没说下去，一个人默默地回到教室里。

于是，我每天都照着他的手法练习纸飞机的折法。渐渐地，我迷上了折纸，不时地向他请教技巧。往日有些闷葫芦的他，开始变得逐渐开朗起来。我知道，或许我是他唯一的朋友了。

那天放了学，我在走廊尽头缠住了他。

"子羽，我想去你家里看看。认识了这么久，还没去你家玩过呢。"

他显得有些犹豫，不住地抠自己的手指。他想了想，最后还是同意了。

他就住在城西一处小区里的公寓楼里。坐着电梯上了楼，在楼梯的一侧，他用钥匙开了门。

"吱呀"的一声，我跟随着他进了屋子。走进他的房间，只见桌子上、柜子上摆满了无数的折纸作品。纸青蛙、纸鹤、纸老虎……各自朝着一个方向，让我觉着像是来到了动物园。那老虎的眼睛甚至还带着凶悍的目光，龇咧的獠牙让人有些不寒而栗。

"这些……这些都是你做的吗？太棒了！你真是个艺术家！"我大呼小叫起来。

"是的，都是我做的……"他倒是有些不好意思起来。

我坐在他的床上，顺手拿起一只纸鹤，细观起来。纸鹤的脖颈很长，喙像一把剪刀，甚是锐利。我实在难以想象，如此精美的作品都是出自一个十三岁少年之手。

我看他床头的架子上摆着一张家庭的合照，装在一个精美的木制相框里。照片里，瘦小的他和一位同样瘦小的中年男子站在一起。旁边，还有一位干菜一样的中年女子。

"那……是你妈妈?"

"不……那是我后妈……"他下意识地压低了嗓音，一个人背过脸去了。

"唔……"我好像知道了他的难处，也就停住不问了。

在我继续欣赏那些折纸作品的时候，忽然传来了一阵钥匙开门的声音。

一位面黄肌瘦的中年女子——就是照片上那位"后妈"，从半掩的房门中探出头来。

"这是我同学，阿力。"子羽忙着向她介绍起我来。

她向我礼节性地打了个招呼，便转向了子羽。

"你还杵在这里做什么? 做作业去! 上次考试考了倒数第二，再不去学习把你这些玩意儿都收了!"

他并没有作答，只是默默地退了出去。

我知道，他的心口一定又划上了一道伤痕。我已无心再待着了。在我离开他家的时候，我听到了一阵阵的哭声，回旋在层层叠叠的折纸作品旁。

后来，我才慢慢得悉，父母离异之后，他总是生活在暗影之中。家庭无休止的争吵，继母严厉的责骂，同学和老师的冷嘲热讽……他总是无言地把生活的阴暗面折到纸里去，小心翼翼地隐藏着，不想让别人发现。

或许我看到的只是折纸作品表面的光鲜，却不知他把人生的折痕都掩盖在层层叠叠的纸张里。而只有折纸的人，才知道折起的是心殇。人生如纸张般脆弱，他却折起了一个自己的世界，想要把那种小笋破土的渴望封存在不断变幻的纸张里，珍藏。

没有人可以理解他，人们在意的是他总也上不去的成绩，却从来不会注意他折的那些小玩意。

没过多久，我转了校，就极少与他联系了。只是关于他那些折纸的记忆，一直留存在我的脑海中。

直到多年后的一天，他在微信上找到我，叫我一起去参加一场展会。

"子羽，你最近怎么样？"

"……我后来还是没能考上理想的学校，前段时间辞了职。还被人骗了不少钱……"他的言语之中，多少带了无助的落寞。

那天，我赴约见到了他，他还是一样的精干巴瘦。

我悄悄地把一只纸飞机递到他的手心里。

"你看，这是我做的。"

他怔了怔，眼眶里红红的湿湿的。

"这么多年了，我一直没有忘记你亲手教我折的第一只纸飞机。"

他伸出手轻轻地抚摩着我的纸飞机，我知道，他心里荡起了点点涟漪。纸飞机渐渐地染上了他手心的温度。

"谢谢你兄弟，我明白了……我应该做些什么。"

我可以想象，他折起了心里的那张纸，不断地变幻出绚烂夺目的花样和色彩。我知道，他其实一直都没有放弃他童年时的梦——飞得远，飞得高。只是，他的梦没能飞到众人都能看到的地方。

他抬起手来，把纸飞机高高举过头顶，用力地往前一掷，那纸飞机便乘着风飞向了天空，带着他手心的温度，带着他童年的梦想，越飞越远、越飞越高……

　　不久前，子羽给我发来微信，告诉我，他开了一家创意纸艺品淘宝店，兼做培训师，做得风生水起、顾客盈门。他说，一定要做一架最新款的纸飞机，请我坐头等舱，因为，我是他逐梦路上的贵人。微信的末尾，摁了个坏笑的表情包。太"淘"了，我的老伙计！

远飞的粉红色蝴蝶

生命中遇到的有些人，是你一生都不想错过的；错过了，也会在记忆中重逢。她在远方朝我微笑，但我怎么也追不上。

阿碧是我的小学同学，也是我的同桌。记忆中大部分的时间都是和她坐在同一张桌前。她长着一双会说话的大眼睛，扎成马尾的头发清爽秀美，总散发着一股淡雅的幽香。

那天是学校的剪纸课，老师在讲台上教授小动物的剪法。她仔细地聆听着，不时拿起铅笔在一张粉红色的纸上勾勾画画，那是猴子的图样。而后，她用圆头剪子剪了几道，又用小剪子修了修边角，一只栩栩如生的猴子便跃然纸上了。瞧，俏皮的眼睛，细密的毛发，锋利的爪子，这泼猴恍若刚从花果山上下来觅食。

阿碧舒了口气，粉色纸猴衬着她蓝边白底的校服，浑身上下散发着素雅高洁的艺术家般的气息。

"你太棒了!"我几乎是不由自主地脱口而出。

她只是莞尔一笑，没有接话。

"你以前……学过剪纸呀?"

"嗯……"她点了点头，"以前跟着我小姨学过，她手可巧了……"

"真厉害，以前怎么没发现……"我向她竖起了一个大拇指，

"哎，老师刚才说下节课要交个剪纸作品。我不会剪，你能不能帮我剪一个啊?"

她有些犹豫，两只手在斑驳泛黄的桌面上摸了摸，那上面还留着那条熟悉的"三八线"。

"这个……好吗?"

"那个……我就交个作业啦。你要是帮我剪一个，我送你这个……"

那是一张粉红底色还珠格格的贴纸，在那个彩色贴纸风靡校园的年代，对女孩子充满了极大的诱惑。

她惊喜地打量着，看得出来她的心里有了些狗尾草般细微的挠动。

"粉红色……这个是我最喜欢的颜色……"她点了点头："……嗯，那好吧，那我就帮你剪一个……"

课余，她接过我的那张纸，开始绘制某个动物的图案。我还没有看太清，她便索索地剪了起来。当她把那张纸递还我的时候，那已是一只活灵活现的小猪仔了。

我把那张珍贵的贴纸送给了她，她笑靥如花。

"阿碧，我可以问你一个问题么?"我托着腮帮子望着她的眼神。

"嗯……你说吧。"

"你为什么那么喜欢粉红色呀?"

"嗯……其实我也说不上来，可能是代表一种爱心，或者一种美好的心情吧。"她略带羞涩地说道。

一周后的剪纸课开始了，只是这次我身边的座位空空荡荡的。

阿碧几天没来学校了，听说是得了急性肺炎。看着老师在示范着剪纸，说不清是在那翻飞的裁剪动作间，还是在我的眼眸注视中，似乎有一种莫名的空虚感弥漫滋生。

"同学们，你们上周提交的作品都很棒！今天我要特别表扬一位同学……"老师接下来要说的话，将所有人游离的眼神重新汇聚起来。

"……阿力同学。他的作品非常精美。"她说着，便将那个阿碧替我剪的小猪仔举了起来，展示给全班同学观摩。

所有人的目光都聚集到那件小小的剪纸作品上头，仿佛舞台灯光齐刷刷的投射。

"……剪得很漂亮！阿力同学的手很巧，马上要举办全校手工比赛了，我打算把这件作品推荐上去。"

我的脑袋"嗡"地炸开了，像是毫无预兆的地震，却又带着挠人心骨的诱惑。我终究是没有拒绝那种摄人心魄的感觉。

同学们的目光齐刷刷投向了我，我从未如此成为众人的焦点——包括所有的考试，我始终是那个寂寂无名的"路边鼓掌人"。

钦佩，羡慕，赞许，褒扬。想要的一切竟然来得如此轻易。不知道这节课剩余的时间是如何度过的，仿佛时间流星般飞逝，以至于我回过神来，也是被那清脆的下课铃声所唤醒的。

课间，身边围满了平日里来往和不常来往的同学，一个个向我投来崇拜的目光，赞美之余，讨教起剪纸的技巧。炽热的虚荣之火在我心头熊熊燃起，以至于忘记了我究竟是谁、究竟拥有怎样的本领。我开始得意地比画起来，怎样勾勒线条，怎样沿着线条剪开……

可当一切都散去的时候，时间却又变得如此缓慢，像古庙里爬出来的蚯蚓。我从未那样担心自己见到阿碧，也从未那样担心下一堂剪纸课的来临。

　　那天，我在走廊上看到了阿碧。她背着小碎花布面书包，还是那样迈着轻盈的步履。我不敢让眼神停留在她的身上，闪闪烁烁、急急忙忙地便从她身边溜了过去。上课了，她来到我的桌边坐下，开始一本本地将课本掏出来，整齐地摞在桌角边缘。

　　"阿碧，你……病好了?"

　　"嗯……是啊。"她微微地点了点头，开始了早读。

　　我没有继续看她，只是忐忐忑忑、滥竽充数地跟读了起来。

　　这时，我感到有人在戳我的后背。我转头回看，原来是后桌的大龙。

　　"阿力，等下有空的时候，帮我剪的那个小熊修一下呗……"他小声说。

　　"呃……等下再说吧……"我支支吾吾地应了回去，却不由自主地把眼神移到阿碧那边。她似乎并没有注意，只是在专注地对着课文朗读。

　　她应该没觉察什么吧，我只能这样想了。

　　早读结束，大龙便来到我的座位旁缠着我。

　　"好兄弟，帮我修剪一下么，要不又得挨老师批了。"他递过自己的作品，我下意识瞧了瞧，委实是难以入眼。

　　"这个……其实我剪得也不好的……"

　　"怎么会呢，我今天还看到你上次剪的那只小猪仔，拿了学校手工比赛大奖呢……就帮我下嘛!"

　　这是什么情况? 我霎时如稻草人般怔住了。

　　"不会吧?"

　　"真的呀，获奖名单都贴在公告栏上了。不信你自己去看……"

我似乎并没有注意到阿碧听到了这一切。她放下了课本，几乎是冲着出了教室。

"阿碧！阿碧！"

她完全没有理会我的叫喊。她飞奔而去的身影像是一只惊飞的蝴蝶。

我知道她一定是去看公告栏了。完了，她已经知道了我怕她知道的那一切。

我至今还记得她回来时的那个场景。大病初愈的她，愠怒之下脸色更显苍白，几乎与一个十一二岁的女孩不太相称。

"你怎么可以这样？怎么能够这样？"

"我……"

她把我给她的贴纸从铅笔盒里翻了出来，撕了个粉碎。

那一刻，仿佛撕碎的不是贴纸，而是我的自尊。那一刻，我的内心是倾塌和崩裂的，究竟是难以名状的戳痛，还是无地自容的羞愧，已分辨不清。

我知道在她的面前，我是个彻底的罪人。看得出，被欺骗伤害的激愤，充斥了她的内心。接下来的几天，她几乎不再和我说话。

我知道，她没有去告发我，已经是最大的仁慈了。尽管起因是无意的，却因为我的虚荣对她造成了伤害，刀刻般的伤害。而这种心理上的创伤，是极难平复的。

我终究是找到了美术老师，告诉了她事情的全部真相。

我的获奖成绩不出所料地被取消了，我也因此写下了一份长长的检讨书。

"知错能改，善莫大焉，希望你认真吸取教训。至于她的心结，终究还是要你去解开。"老师语气平和地对我说。

"老师，我想……把我的获奖成绩让给阿碧。"老师没接我的话茬，只是说，你去找阿碧好好沟通吧。我使劲点了点头。

这天，在放学的路上，我一直等啊等，终于等到了阿碧。我不敢直视她，只是不停地搓着手，一时不知道怎么向她开口，表达我极度内疚的心情。她似乎猜透了我的心思，用那双会说话的大眼睛看着我，语调和缓地说："你能够意识到自己的错误，就是一种进步。我已经和老师说了，这事请她替你严格保密，不要在同学面前公开。老师也答应了。"

她云淡风轻的一席话，让我既惊诧又感动，我鼻子一酸真想哭，可又不想在女孩子面前掉泪。

"那我就谢谢你了，阿碧，我不会再次让你失望的。"

或许是她一以贯之的宽容，冷却剂般迅速熄灭了她的心火。她的心胸始终揣着清风明月般，让人走近可以闻得到那月光下甜糯的桂花香。

打这以后，我开始用心上好剪纸课，着魔一样研习剪纸艺术。阿碧呢，也一如既往地帮衬着我，不计前嫌。老老实实陪上了不知多少个日子，捶打磨炼、磨炼捶打，终于自己也能渐渐剪出惟妙惟肖的动物了。

小学毕业后，我渐渐失去了与阿碧的联系。日子坐着飞机火车，沿着各自命运的轨迹飞驰，留下一路的景致，我和她独自守着离别的薄凉。

多年以后，一次偶然的机会得到了阿碧的联系方式，我给她打去了电话。

"阿碧，你最近怎么样？在做什么呢？"

"我从美院毕业后去西部支教了两年，不过马上就要结束了，大概再过一个月就会返乡……"听得出，她是微笑着告诉我这一切的。

"哦……去那边教书，应该会很辛苦吧？"

"其实还好，这是我一直以来的梦想吧。和这里的孩子们在一起，挺开心的呢！我想让更多的孩子从艺术中获得快乐。"

我知道，她心里边始终有个伟大的梦想，只是没有想到，这个梦想竟然如此普通，或者说，这就是她生活的一部分。西部支教的苦累，从她口中云淡风轻地说出来，却有一种怡然自得的快乐。

"对了，我回来就打算嫁人了，到时候记得参加我们的婚礼哦。"

"是吗？真的恭喜你，我一定参加。"听到这个消息，我也为她感到由衷的高兴。

我打算重新拾起当年她教我的手艺，为她的婚礼剪上一对大红鸳鸯。或许，这是为我当年留下的亏欠和遗憾，做一些微不足道的补偿吧。也许她还记得，也许她记不得，但至少是我对她的一种美好的祈愿和祝福。

直到不久后的一天，同学群里刷屏的一条关于她的消息，给了我重重的一击。

在一次驱车去县城接收爱心人士捐赠的图书教具的山路上，发生了山体塌方，她连人带车滚下了悬崖。救援人员最终找到了她，只是她已经停止了呼吸。

听到这个五雷轰顶的消息，我很久无法自持。我还未来得及为她剪上那对纸鸳鸯，她竟然就已去了一个我今生今世都不愿她去的地方，再也接受不了我对她的祝福了。她再也无法穿着洁白的婚纱走进婚礼的殿堂，再也见不到那群舍不得她走的农村娃了。

难道命运就这么狠心、这么蛮不讲理地，辜负了她粉红色的年华与梦想？不，我告诉自己不能相信。

我选了她喜爱的粉红色彩纸，埋下头一刀刀地剪起了一只美丽的蝴蝶。我或许明白了她喜欢粉红色的原因，这其实代表了她的博爱，这种博爱可以包容他人的过错，可以为远方的贫困孩子带去温暖，可以浇开心中的梦想之花。当然，也许要付出生命的代价。

我没能把一对大红鸳鸯送到她的婚礼上，却把一只粉红色蝴蝶带到了她的葬礼上，将它亲手献给了在灵柩里睡着了的她。真想有一天，这只粉红色蝴蝶会沿着她走过的路，闻着她留下的一路芳香，展开翅膀……

阿碧，归来！归来！归来！

孤独的丝路足迹

我是应该写写考古的，这个话题于我并不陌生，从小就感兴趣。忆起芒砀山汉墓的金缕玉衣，当年在书中读知，一时惊叹不已，便铁了心思将来定要"铲一铲"考古。

近日，应了敦煌研究院、伦敦大学艺术考古博士毛铭的邀请，旁听她的敦煌艺术讲座，主题为"粟特人对丝路佛教的贡献——石窟、狮象、七宝"。未曾想，这么小众的考古领域亦很有些粉丝，博物馆的整个报告厅几无虚席，足见敦煌艺术的魅力之大了。

毛铭博士是考古大家，走南闯北多年，也曾跟随各国考古团队深入大漠探寻被岁月隐藏的秘密，可谓是学富五车。主持人约略介绍之后，她便直奔主题，谈起了粟特文明的历史，一段带着沧桑感的鲜为人知的中国古文明史像画卷般在我的面前徐徐推展。粟特文明长期受到波斯文明的影响，人民广泛崇信拜火教，在阿姆河、锡尔河之间的撒马尔罕地区定居。他们早在南北朝时期便穿越大漠往来于印度、中亚与中原地区之间，充当商业贸易与文明传播的使者；在隋唐时期更是为中原带来了一股"胡风"，混着葡萄酒哈密瓜的味道，深深地影响着大陆文明的空气。从粟特人的民族习俗、饮食文化，到服饰器皿，毛铭博士都做了深入浅出的文化解读。

她说起一个有趣的粟特文化传播现象：粟特人热衷于往中原地区引入古印度的狮子与大象。那些狮子是雌雄成对的，代表佛国的一种威仪，逐渐影响了中原地区的建筑范式——府邸、官衙前总爱摆上一对石狮，意在祛邪避灾。只是一些无知无畏的中原人学了个皮毛，把一对狮子刻成了一个模子，贻笑大方。正传的对狮应是一公一母。

不过，考古学家倒未必男女成双了。毛博士穿插着说起当今考古界一个奇妙的现象：在古代佛寺与壁画的考古学者中，大多为女性，男性寥寥——这显然超出了我有限的认知范围。大漠孤烟，戈壁残阳，地处恶劣自然环境的考古探险随时会有危及生命之虞，难道不应该是体力更佳的男人冲在前面么？毛博士释疑道，考古事业是真正需要全身心去付出的，回报却难言付出之万一——甚至走遍千山万水也可能一无所获，更赚不了钱。不少男性出于现实的考量选择了退出，因此留下的大多是吃苦耐劳的女性了。

可想而知，考古是一件多么艰苦而又枯燥的事情，我油然对毛铭博士这样的女考古学家心生敬佩之情。

说到大漠探险，她丝丝缕缕地开始向我们传授起她的经验。

"在大漠里生存，骆驼是最值钱的东西，一旦迷失了方向，骆驼可以凭生物本能找到水源，这是越野车所做不到的。"

"千淘万漉虽辛苦，吹尽狂沙始到金。"此言不虚！

对粟特文明与敦煌艺术关联性的研究揭秘，正是她尝尽艰辛淘到的"第一桶金"。她说，敦煌石窟的壁画，其实也有不少粟特文明的烙印。敦煌现存 285 窟中，壁画多是以蓝色青晶石颜料绘制，例如阿修罗、雷公、神兽等壁画形象，带有浓重的西方宗教特征，反映出粟特文明明显是受到了西方文化的影响。不少敦煌壁画出现了流行于粟特地区的胡服样式——毡帽、袴褶，表明粟特美术已构成了敦煌美术的有机组成部分。可以说，敦煌壁画是中西文明交流交汇交融的一个实物样本。

她说道，敦煌壁画中有吴道子的"吴带当风"式的风格——所绘人物身穿宽袍大袖，佩戴璎珞。这璎珞原产自印度，是珠玉串缀的饰品，《维摩诘经讲经文》中明确记载"整百宝之头冠，动八珍之璎珞"。璎珞汇集了世间美玉奇石，由丝绸之路经新疆传入中原，深受唐时女性喜爱，这背后离不开粟特文明的传播作用。她说，一个维吾尔族朋友告诉她，维吾尔语形容一位环珮叮当的女性出场时，叫作"杨得儿，呛得儿"——那声音形象啊，动听啊，好像从粟特壁画里发出来似的，在她的耳际回响。

敦煌壁画算是相对完好地保存下来了，可是丝绸之路上代表粟特文明的器具典籍却大多已不复可寻。这是有原因的。著名文化学者余秋雨在《道士塔》一文中提到的英国考古学家斯坦因，不知从敦煌莫高窟盗走了多少珍贵的文物器皿和典藏，那是狠狠地抽了中华古国流淌千年的文化血液啊。斯坦因一生热衷于探险，当他遇到敦煌看守人王道士，利用对方的无知和贪婪，大量骗购藏经洞写本、丝织品、绢画等，所获文物现大多藏于大英图书馆、印度事务部图书馆、大英博物馆等处。斯坦因、伯希和，这些人在英法历史上是作为明星级人物受到推崇的，人气完全不输于现在的"天王巨星"，斯坦因的旅行笔记甚至每天通过电报发往伦敦和美国，被《时代周刊》进行连载报道和追踪。可是那个时代的国人，却完完全全视考古、古文化为可有可无的东西。当时正值20世纪初西方列强瓜分中国的狂潮中，"天朝上国"的当权者忙于"量中华之物力，结与国之欢心"；底层百姓则是

"万家墨面没蒿莱"，自顾性命都来不及，又如何管得了这些"瓶瓶罐罐""破纸烂布"？

历史是一面镜子，照见了曾创造出璀璨文明的华夏民族悲凉、痛楚、不堪回首的屈辱章回。

在毛铭博士的讲述中，敦煌壁画揭开了神秘的面纱，露出最真实的脸庞。或许毛博士研究考古的初衷，正是要把敦煌历史真真切切地还原给世人看，打破教科书式的讲述，探寻中国文化最本真的东西。为此，她在考古研究道路上所经历的那种艰难困苦是不可想象的——不仅得扛住大漠风沙，忍受孤独清苦，更要面对汹涌如潮的学术质疑。

这是考古的使命，也是考古的宿命。

讲座结束后的提问环节，一位听众抛出一个问题："毛铭老师，听了这么多粟特文明将印度、中亚地区的风俗、器物引入进而影响中原的例子，是不是粟特文明也反过来推动了中原文明影响域外文明呢？"

毛铭博士笑答，这确实是有的，只是由于域外文明没有形成记录文史的习惯，因此留下的史料极为稀少，这也是目前考古界面临的一个难题。学界的一位前辈为此专门进行了研究，但目前尚未形成完善的体系——长江后浪推前浪，考古事业有待后来者的继续开拓。

记得几年前看过一篇文章，全国具备考古发掘资质的领队不足 700 人，文物保护专业技术人才极度匮乏，像新疆、内蒙古这样的考古遗迹遗存丰沛之地，考古人才更是凤毛麟角。这些丝绸之路上的历史遗痕如若没有足够的后继者去加以发掘、保护、整理、研究，将会使我国乃至全人类的多少珍贵历史文化遗产湮没在时空的"虫洞"里。可是说实话，现在的年轻人有几个会像央视纪录片《我在故宫修文物》中的大师、匠人，心怀理想静心敛气去研究、修复那些"破铜烂铁"？恐怕大多是追着公务员、国企的"金饭碗"罢。真要是考古领域没有了后继者，恐怕世上又要多几个"斯坦因"了吧。

丝绸之路上留下了毛铭们的足迹，也需要更多的有志者留下他们的足迹。这是粟特人隐隐的召唤，更是复兴中华文化的初心。

沙瓶里的五色人生

　　明朝散文家张岱说过一句意味深长的话："人无癖不可与交，以其无深情也；人无痴不可与交，以其无真气也。"闻道于艺、求艺于人，其言尤然。

　　得闲与朋友观览浙江工艺美术博物馆，偶见一处人声鼎沸的沙画展台。

　　这沙画不同于习见的那些纸上之画，而是瓶中之画——那陈列着的大大小小的沙瓶画，仿如神态各异的五百罗汉，吸引着我的目光与脚步。待我凑近了观察，才看清瓶中一幅幅精美的画面是由细小的彩色沙粒排列组合而成的，虽由人作，宛若天开。那田园风光、山河大泽，在寸瓶尺罐里构成一个个独立的自然世界，或许正如梭罗笔下的瓦尔登湖，"水天相接，美好的终极"。

　　展台上，坐着一位眉清目秀的小伙子，名段凯松。他正在作画——用一把小勺子舀起一勺绿色的细沙，沿着小瓶的边缘将细沙堆在瓶里黄色的沙上。色差分离处被处理得泾渭分明、线条流畅。彩沙流动着淡而雅的气息，挠动着我的鼻尖，进入到我呼吸的节奏中去。

　　我在他面前坐下，表示自己也想尝试一下。他欣然应允，拿来一只小瓶手把手地传授起来。我是照着一只现成的沙瓶画进行临摹的，那沙画描绘的是海天相接处，波光粼粼的海面上映出一轮红日的倒影，颇有些静谧怡然的感觉。

我拿起小勺子，舀起一勺蓝沙，将细密的沙粒洒到瓶中，铺上约莫一厘米的厚度。他又让我舀起一勺白沙，在上边浅浅覆上一层，再用小竹签沿着瓶口深入瓶壁，在白沙与蓝沙的交界处左右来回划拨，那太阳在海面上的白色倒影便摇曳在我的双眸中了。旋又叠上一层黄色沙子，与黑色沙子反复交错着层叠上去，峰峦叠嶂的山棱便在眼前耸立了，像农人凹凹凸凸的脊梁，无言表达着对脚下那片黄土地的眷恋与挚爱。

"一次不要铺得太多，慢慢地加沙子。"小段在一边做起了示范，那专注的模样让我想起了对着金石篆刻的弘一法师。

他告诉我，在蜿蜒的山岭上，需要再铺上一层表现夕阳映染天空的橙沙。这种沙并没有现成的颜色，需要在一个纸杯里将黄沙与红沙先行调和出来。

"等等，先停一下。"

我刚开始舀起一勺刚调好的橙沙欲往瓶子里倾倒，他便叫住了我。

原来，因为要做出太阳的效果，需要从两旁分别倾倒橙沙，中间形成一个凹槽。换白沙在凹槽里慢慢填充，直到微微高于那橙沙。再以橙沙填充剩余部分，用小竹签伸下去将白沙拨出一个圆形即可。

接着，他教我做了一只小小的海鸥，那海鸥仿佛在海天之间展开了羽翼，隔着玻璃传来"咿呀，咿呀"的叫声，在夕阳余晖的照耀下飞到了云端之上……

从一开始选择修习沙瓶画，这个略带稚气的大男孩便深深爱上了这门外来艺术。

沙瓶画原本起源于中东，在贝都因人的骆驼上，在佩特拉古城的墙垣上生根、发芽，飘出阿拉伯民族生活的馨香。将美好的祝愿寄寓在手中的沙里，封存在奇形异状的玻璃瓶中，献给心爱的姑娘。沙瓶画，是富有阿拉伯民族特色的感情寄托。

高中时，一次偶然接触到沙瓶画，小段的兴趣之苞，便萌发出繁花似锦般地热爱。他买了彩色沙回家，一次次地练习，一次次地摸索，把简单的沙子、瓶子、勺子组合变幻出魔术般的艺术创作。继在上海田子坊开了一家自己的工作室，他又获得了浙江工艺美术博物馆免费入驻的资格。一掬手中沙，让他的人生变得与众不同；一幅瓶中画，让他的世界如此多姿多彩。他在创造着美；美也在塑造着他。

这才是一颗跳动的匠心啊！指尖可攀千仞之高，双目可收百水之回，朴实无华的执着和坚守，只为于方寸之间描绘心中的大美河山。梁启超说，人生最快乐的事，莫过于看着一件工作的完成。借瓶筑景，聚沙成画，更是件悦己娱人的赏心乐事。做一件事无非举手之劳而已，而立志穷尽一生去做一件事，必须敌得住花花世界灯红酒绿的诱惑。这散乱无章的彩沙，注定是要用一颗"独上高楼，望尽天涯路"的匠心去拼合，方得美图美景的。

记得日本的"煮饭仙人"村嶋孟，煮了50多年的饭，每一次煮饭，都需要用井水将米淘洗40分钟，再用22分钟大火煮，每隔30秒需要转动一次盘子；最后用小火焖上20分钟。他的一生都献给了再平常不过的煮饭，却煮出了不平凡的事业——他的餐馆常年排起长队，顾客只为吃上他的一碗饭。

村嶋孟的一辈子一碗饭，不就是段凯松的一颗心一瓶画么？

"一沙一世界，一花一天堂。"人生的沙瓶里，装满了浮翠流丹的沙粒，那是姹紫嫣红的心情。红色是老友重逢的开怀，粉色是命定情缘的浅笑，灰色是失之东隅的痛悔，绿色是打开心结的顿悟，黄色是瓜熟蒂落的满足。五味杂陈的心情化作等待塑造的千万颗细沙，需要有心的人儿用慧心妙手去拼合出最新最美的图景，装点人生的风景。

在人世间匆匆走过的我们，又有几人能静下心来捡拾被我们遗落的沙粒，挖掘这些不起眼的小东西的价值呢？我们坐着时间的列车飞驰，追逐着不朽的事业与不老的爱情，却往往记不得最初的一次心动、母亲的一缕白发、父亲的一个背影、朋友的一声嘱托。做一瓶沙画留给自己，何尝不是对自己的一种提醒？

段凯松把我和他一起做完的沙瓶画封存了，放到我的手心里。沙瓶带着他的体温，带着他对我的祝愿，也带着他对五色人生的理解，值得我好好品味和珍藏。

碗中花园

瓷碗香花，纤纤十指种下禅意心语；青叶红苞，曼妙双手点染水中江山。生活在城市的喧嚣中沾染了尘灰，让人瞳孔不复往昔的清澈。所幸的是，那些安放在心灵静处的景致，还能让人豁然找回一抹纯净的亮色。

我是第一次参加单位组织的"冬季禅意插花"知识讲座，之前已开了几节。讲座请来的是杭州西湖风景区灵隐管理处的高级插花技师戴志祥先生。戴先生面若芙蕖桃花，声音洪亮如磬。在他面前的桌上，摆放着一只盛满清水的青瓷碗，碗中是一方插满小针的"剑山"——他手指点着说，剑山立于水面而不遮盖碗边缘，保持四周水际清明柔和，照应景明淡然之心性。我听他这般道来，知晓那便是插花的底座了。当然，我们面前也各自摆着一套，还有许多备用的花儿、叶儿。

这回插的是碗花。碗花，本是起源于十世纪的前蜀而繁盛于宋、明两代的民间艺术。宋朝沈炎有词《庆春宫·金粟洞天》："把酒长歌，插花短舞，谁在水国吹箫。"可见，插花艺术早已深入宫廷民间，成为文人雅士不可或缺的养身娱乐活动。其中碗花强调哲理、秩序，以伦理为纽带呈现自然景致。碗花的基本结构遵从于明代袁宏道所谓的"一杆中出，上簇下蕃"，而戴先生的理解是"成把宜紧，枝叶成丛，个中趣味，妙不可言"。

戴先生首先强调了插花人必备的"心境"——没有良好的心情是无法完成碗花艺术的，切不可"刚被领导骂过，就过来插花"。境由心生，他以轻松幽默的表达诠释了这个道理。他拿起了一枝山鸡椒，用剪子剪下碗宽加碗高的约摸 1.5 至 2 倍的长度，在茎根部剪了个十字，插在"剑山"前三分之一处。紧接着剪下一枝红色山茶花，恋人般依偎在山鸡椒旁，是为主枝。那茶花欹侧倾斜，宛若少女含羞，又如朝霞破云，嫣然卓然。

他又挑了三五枝粉色洋桔梗、朱砂色康乃馨，依次错落地插在主花枝两旁，再适当置些小景。瞬间，花香满园，秀色可餐，阆苑仙葩的气息隐约可闻；微风送爽，小桥流水，若是倚着美人靠细嗅那白墙黑瓦后透出的淡然的花香，已然不羡仙了。

所有人的眼神都被吸引到那方寸之间。那一碗盏花，竟仿若昆山之玉、灵蛇之珠了。

"衬花高度不可高于主花枝，第二枝约占主枝的三分之二即可，要与它的倾斜角度有所呼应。"他娓娓道来，我也一一照着他的样子插了，只是那些花枝略微有些歪斜杂乱，似不在同一频道上。

戴先生随即让我顺着主枝的方向轻抚那些花枝，小家伙们便泥鳅般往一个方向滑顺过去，很听话似的。

"你的问题是几枝花挨得过于紧密。插花要讲究疏密有致，切不可并排站或挤成堆。"他指着我身边的同事说道，又用手轻轻地帮她纠正了过来。同事若有所悟地点了点头。

戴先生走到桌案前，将一朵百合花点缀在碗花的边缘，辅以小叶儿，恰如美人临水、西施捧心。继而，他又撮起三两枝兰花叶，裙裾般点缀在尾部。那兰花叶子清冷冷的，舒展出仙风道骨的丰姿韵态。

所有人报以赞叹声，因那画龙点睛的一笔，将整个碗花的神韵，又升华了一个层次。

"崇尚自然，天人合一；虽由人作，宛自天开。插花其实就是一种天人合一的境界。"他最后的这句话，宛若梵音般在我的脑际留痕。

记得曾经在清人沈复的《浮生六记》里读到过碗花的一种插法：用漂青、松香、榆皮、面粉和上油脂，加一些稻灰熬制，直到成为胶状；再将小钉子钉在铜片上，用熬成的胶膏火化，将铜片背面同碗粘贴起来。等到胶膏冷却，将花用铁丝扎把，插在钉子上。插的时候要略有偏斜，不可居中；更要保持枝疏叶清，不能过于拥塞。

浓浓的仪式感，仿佛叫人忘却了世事纷扰，很想来一次说走就走的旅行。只不过，古人已经习惯于充满仪式感的生活，而今人却日渐落入"佛系"的窠臼，僵冻成了无所追求、漂若浮萍、得过且过的状态。生命的旅程需要伴随一种仪式感，或许不是轰轰烈烈的，却可以是静心明心的体验，就像一次净手沐浴后的插碗花，简单而清雅。

还记得1932年美学家朱光潜在《谈美》一书中写下的那句话："一定要于饱食暖衣、高官厚禄等等之外，别有较高尚、较纯洁的企求。要求人心净化，先要求人生美化。"战乱年代尚且如此，承平时期我辈又如何能放下对艺术之美的追求呢？

其实人的一生，又何尝不是一次插花之旅，一枝枝地，插起每个美好的瞬间。即便白首，也须依然记得鲜衣怒马、快马轻裘的日子。

荷风起扇底

"七宝画团扇，灿烂明月光。与郎却耽暑，相忆莫相忘。"生活可以很艺术，艺术也可以很生活，这首东晋桃叶的《答团扇歌》一直在一扇清风里流传，给我们的精神世界带来了几多清凉。

前些时日单位组织了扇画课，请来的是杭州一位有名的扇画师 Mrs. L。

说起扇画，其实我原本是有些陌生的，但曾经在书籍里看到过相关故事，便又觉着有些熟悉起来。那故事说的是王羲之在路上看到一老妇人，手中拿着许多六角形竹扇在售卖，却乏人问津。他便动了恻隐之心，在每把扇子上题了五个字，那老妇人却面露愠怒之色。于是，王羲之对那妇人说："你只要说这扇子是王右军题的，便可以卖到几百钱。"那妇人将信将疑地按照他的话去做，果真买扇子的顾客纷至沓来，竞相购买。

王右军题的是字，却不知觉地开了书家在扇面上舞文弄墨的先河。

鉴古知今，言归正传。

颜料、水桶、调色盘、墨汁、毛笔……七件八套的"装备"已端放在我们面前。扇画使用的扇子，则是扇画艺术中最核心的部分了。可供选择的大抵有团扇和折扇，底色都是一样的纯白，明晃晃的亮眼，让人充满天马行空挥毫泼墨的欲望。

扇画师 Mrs. L 支起了画架，在砚台上用毛笔蘸了些墨汁，便示范起荷叶的画法。她说，墨色的表达至为重要，按浓淡可分为焦墨、浓墨、重墨、淡墨、清墨五色。唐张彦远《历代名画记》载："运墨而五色具。"勾勒荷花正叶，是需要用浓墨的，用侧锋轻轻地画下一笔，再略呈弧度折回，便生长出了叶儿一角。三五片围绕顶点椭圆形排布，那荷叶便含翠带露随风摇曳了。

"形状不可太圆，疏密有致是最佳的。"她随即道出了荷叶画法的重点。

"出淤泥而不染，濯清涟而不妖。"笔下恰到好处的留白也是一种不着一墨的美。墨荷与池塘相对，像是对恋人，彼此不发一言，却同气相求暗生出了情愫。墨色由远及近，与那扇面肌肤相亲，心有灵犀笔如游龙。笔下究竟画的是荷，还是内心的清欢？难言其妙，早已让人看痴。

想起张大千的荷，迤迤逦逦的，衬出了那颗饱经风霜的心。他一个人在颐和园住了五年，每日对着那娉娉婷婷的一池荷花，谛听荷仙的灵魂发出的声音。三两泼墨，那荷已开在胸中，散发出岁月经久的馨香。

但见 Mrs. L 调了朱色，又在枝头点起了花苞。画龙点睛的一笔，成全了一池的秀色，静得可以听见振翼的蜻蜓，正在找寻可以驻足的那一株荷的荷尖。

我有些心痒，便拿笔蘸了墨，在折扇扇面上画起了茎。那茎实是最难画的，折扇扇面本就不平，我拿左手按着，右手直截了当地一笔走下去，心心念念告诫自己莫要回头去修。那老墨本应走得欹侧挺拔，苍松劲柳般；而我却走得粗细难分，有些失真的感觉——自己也觉着不好意思起来。又照了她的样子绘了荷叶与荷花，加一只小蜻蜓点缀在花苞上。

Mrs. L 又示范起金鱼的画法。那金鱼的橙黄色得用朱砂色与黄色在调色板上先行调配出来，用大笔在扇面上画出鱼背的形状，以中锋勾勒出鱼嘴。再在头部细细描出两笔，那眼睛便栩栩如生地弹出来了。收尾之作自然是鱼尾了，须用笔尖蘸了颜色，用侧锋擦出两笔主尾，两侧各画出一笔小的侧尾。她的笔施施然走着，一尾金鱼顺着柔腻的笔尖游进了荷池。水下水上、画里画外，浑然一体，究竟是清雅还是拙朴、妩媚还是沉雄，境由心造，只消沉醉其间便是对的了。

旁边的同事也纷纷照着样子画了起来，毕竟都是初学，相互观摩方才知晓彼此的不足。Mrs. L 说她自爱上扇画，便喜欢上了那种于袖珍处藏大艺术的感觉。天地再大，能看到的也不过是一隅的风物；庭院深深，最美的当数那花窗中的一景。泼墨江河山川之胜，何如在小小的扇子里，画出那池塘一角的秀美。

人生又何尝不是如此？何必贪求大富大贵大红大紫的辉煌，守着自己的一窗一书一草一木岂不也是一种美好！

Mrs. L 继续埋头画着，似乎已臻忘我之境。我凝神定气，静观她的画在画笔下开枝散叶。水墨色的光影透过白色的绢纱倾泻在桌沿，流淌出艺术家的情韵。满池清水，莲叶如盖，艺术的荷塘里，她的人生正含苞待放。

想起自己幼时也曾学过一段时间的国画，甚至还登上了报章，却终因学业繁重给荒废了——现在细想起来总是不无遗憾。如今的家长竞相为孩子报这个班那个班，可真正能够受用一生的又有几人？艺术因子的培育，从来都不是借手于程式化的刻意安排，而是源自于一种真正深入到骨子里去的热爱。艺术之约，只须安静地守着内心的美好。心无挂碍地耕耘这片丰腴的土地，总会迎来春华秋实。

人的一生有太多想要抓住的美好，却总被俗务磨出一道道褶皱。这时候，总须在褶皱上重新描绘出生命华美的景色。如是，皱褶也就在有无之间了。

我细细品味着扇画师手中的画扇。扇，是她的床帏；画，是她的清梦。扇面的皱褶再多，也容得下她的艺术情怀。我知道，她站在这里，是教我们抓住真正珍贵的东西，提笔迈过皱褶，让梦想照进现实。

汉服千古愁

前不久，我在淘宝上买了套带盘扣的纯黑色短袖古风唐装，棉麻的材质，配上黑色哈伦裤，真的是有一种穿越回汉唐的感觉。

母亲并不喜欢，说像是打拳的师傅的行头。不过我倒是不以为意，毕竟自己买的衣裳可以保证是自己喜爱的式样；更何况，我对古风从小有一种无法割舍的偏爱。

听古风歌曲，赏古韵风物，并不是附庸风雅装点门面，是真正喜欢到骨子里去的。

代表着悠悠古韵的，自然有汉服。

2016 年秋日，我应朋友之邀参加西塘汉服文化节。其实赶汉服文化节，说实话一半是冲着台湾词作家方文山先生去的，毕竟是他发起的么。那天去的时候，我是身穿一袭白衣书生装的，因我喜欢"书生"这身份，符合自己朴素的读书人性格；更何况汉服文化节对身着汉服、唐装的客人是免收门票的。当我走进牌坊前的广场时，望见不少与我一样的身穿汉服、唐装的"同袍"们涌进来，像极了舟山朱家尖沙滩的阵阵海潮。那些女子有穿着齐胸襦裙的；男子有穿着朱子深衣——自然也有我这样着书生装的。他们前来围观广场上一群骑着高头大马、身穿明朝武士服的

"将士"。"将士"们行军走马,扬起阵阵尘沙。一阵阵紧锣密鼓之中,金戈画戟风樯阵马,士兵们举着战旗变换着阵型,相互穿插。一位"巾帼女豪杰"骑着烈鬃战马,身披银盔亮甲,英姿飒爽地挥舞着手中的长枪。那恢宏的气势震撼了在场的所有人。他们仰着脖子看着,只是图个热闹而已,其实他们更期待着方文山的出场。

不过文山先生还未来,我倒是等到了两位朋友。那两位都是我大学里参入的网络文学社的成员,她们因文与我结识已有三五年了。蜻蜓是女扮男装穿成绿衣书童的模样;一笑则是贵气十足的大家闺秀样貌。见旁边一对身着素色汉服的夫妻正抱着孩子,一笑甚是高兴——她见了孩子自己也像个孩子起来,又是给他们拍照,又是让蜻蜓帮着拍她自己。

不得不承认蜻蜓的摄影技术确是一流,在她的相机里你总有最好的姿势、最好的表现、最好的背景和站位。我们拍了些照,便进了西塘古镇大门,小桥流水,白墙黑瓦,画舫行舟,江南的千年古韵配上汉服文化节的气氛,这里更显二三分娉婷婀娜。我是江南人,自然是见惯了水乡风光,其实更在意汉服文化节的内容。我站在一处桥头张望,河两岸都是熙熙攘攘的"同袍",红红绿绿的汉服,让我仿佛觉着是千年的一次穿越,而我正是那桥上等待佳人的一位书生,囊中羞涩空有满腹诗文。擦身而过的穿着朱子深衣的文人、穿着褙子的女子,虽相对无言却在衣饰上彼此心有灵犀。平日里,要是身穿汉服的"小姐""公子"走在大街上那是会被当作奇葩的,如今在这里不穿汉服的"小姐""公子"反倒成了奇葩。我让蜻蜓把我的身影留在了那水墨江南的一隅中,她是用相机作笔的"画家",而我是她的"画作"中浓浓淡淡的一笔墨痕。

朋友 Mrs. L 在一家茶楼中开设茶道课程，为汉服文化节的来客传授茶艺，她打来电话让我去坐坐。蜻蜓和一笑说要去镇上自行逛逛，我便先行去拜访她。茶楼在西塘一处湖水之上。穿过曲曲弯弯的回廊，在一片茂林之后，隐着一座古色古香的木质建筑。Mrs. L 穿了一袭青色的宋式褙子，内裹素色的中衣，正在阁楼中为几位客人教授茶道。我悄悄坐了末席，没有打扰她，静静地聆听着她的讲授，不时欣赏那窗外的风景。

她见了我，敬了我一杯清茶。

茶水带着甘洌清香的味道，洗心涤肺一般好喝，配合着她一身素雅的汉服，让人仿佛置身于山水之间，好想抚琴听曲。

即使身处如此盛会，她也能静心明思，把汉服与茶道静静地诠释。

一场课程结束，见她送走了客人煮好了茶，我刚想与她攀谈几句，忽然人声鼎沸。我还未来得及反应，长枪短炮推着方文山先生从阁楼的阶梯款步上来。他一袭青紫色飞鱼服，留着标志性的小胡子。

"文山……老师。"

见着了电视中的名人，我心里不免有些紧张，这四个字几乎是口吃着说出来的。

他见了我只是随和地笑笑，并未应答，倒是见了这素雅的茶席，十分地感兴趣。

"其他客人呢？"他面向 Mrs. L 问道。

"刚结束，他们已走了。"

原来，Mrs. L 曾在上一届汉服文化节在文山先生面前表演过茶道，他们已是旧识。许是行程紧凑，文山先生并未作过多停留，便下了阁楼，不一会儿又出现在了水面中心的舞台上了。

我特别留意到，文山先生那天身穿的是一件飞鱼服。明时流行曳撒，原为蒙古传入的一种服饰款式。飞鱼服是曳撒的一种，属于明朝时官吏的一种赐服款式。不同的纹饰代表着不同的官品：一品蟒服，二品飞鱼服，三品斗牛服，四品麒麟服。不同于朝服文官纹仙鹤、锦鸡、云雁等飞禽，武官多纹走兽。而飞鱼服作为赐服，其样式代表着一种威猛与刚毅，多作为赐武弁之用。飞鱼服的裙为马面裙，长长的边幅更显英武贵气。文山先生这一出镜，仿佛是"带刀侍卫"，英武之中彰显出汉服文化的阳刚之气。其实，明朝服制森严，并不能随意逾矩的；但是随着后期朝廷控制力的丧失，不少民间富商娶妻时也开始身穿飞鱼服，普通百姓亦可身穿九品文官服，这才有了"新郎官"一词。

　　旧时王谢堂前燕，飞入寻常百姓家。

　　如今，汉服已成为民间流行的一种传统服饰文化，更多地带给普通人富有历史感的文化魅力。她高贵而又亲民，古典而不失时尚。《尚书正义》云："冕服采章曰华，大国曰夏。"遥想当年五胡乱华，黄河流域贵族纷纷遁往江南避难，将其服饰文化一并传入，影响了黎庶百姓的等级观、亲属观，史称"衣冠南渡"。要是没有民族文化的融合，又怎能让平民百姓体会到汉服文化的独特魅力呢？

　　冕服华章曰华，大国曰夏。我真是要感谢汉服带给我如此美好的视觉与心灵享受的。

　　汉服文化节当然是汉服唱主角了。没工夫品茶的文山先生忙着在舞台上主持一场传统的汉服婚礼。新人们按照传统的礼制迎亲、对拜、同牢合卺，我看得眼热，忽然想到如果自己将来也能来一场汉服婚礼，该是有多惬意。我想起了一位文学社的朋友晚歌，大学时代便开始设计操办汉服婚礼，甚至自己成立了汉服工作室。她那是真爱，将汉服文化融入到血液中去了。

当我下了阁楼，逛完集市的蜻蜓和一笑也循声赶到汉服婚礼现场来追方文山了。杭籍女星徐娇也来了，她坐着乌篷船上了舞台，身穿一袭素色汉服站在方文山的身旁，美得若那女英、娥皇。现场的欢呼声此起彼伏，汇成了一片欢乐的海洋。

"我魂依旧，汉服千古愁。著交领，右衽在，等候。"我忽然想起了周杰伦献给张逸帆（JERRY C）的那首《汉服青史》的歌词来。词作者正是文山先生。

我是发自内心折服于文山先生的，他能够将一场汉服文化节办得如此青春，如此和美，这功力，其实是不输他的"素颜韵脚诗"的。

君子好逑

"关关雎鸠，在河之洲。窈窕淑女，君子好逑。"

小时候特别喜欢这首《诗经》里打头的诗。虽说那会儿还是个小屁孩不懂爱情，可出于对美好情感的憧憬，我还是对这首中国最古老的情诗留下了深刻的印象。

祖父为让唐诗来熏陶我，就买了红红绿绿的古诗画册给我读。还记得一幅画特逼真，一江连绵不绝的东逝水，夕阳西下，红霞漫天；一位身着长衫的古人蹲在江边洗涤一支铁戟，长长的须髯随风飘动。旁边配了诗句："折戟沉沙铁未销，自将磨洗认前朝。东风不与周郎便，铜雀春深锁二乔。"当然，还有编者的注释与翻译。说实话，我本来是被那栩栩如生的画面给吸引的，可读着读着，又逐渐被诗句本身给吸引了。这诗韵律十足读着朗朗上口，读罢回味无穷，好像我就是那古人似的，正对着一江滚滚东逝水，摇头晃脑地念着诗句。虽然，那时我并不能完全搞懂诗作的历史背景，比之"猪八戒吃人参果"差不了多少，但朦胧知道这是诗中的"人参果"。

那时候真是觉得读古诗是要读出声来的，是要配合肢体语言的。表达诗歌的情感还真是需要嘴巴和手足的配合，把那种带着澎湃情感的诗句给渲染出来，展现文字承载的情感魅力。

长大后开始读一些现代诗和诗集，像舒婷的《致橡树》、汪国真的《热爱生命》、海子的《面朝大海春暖花开》、黄亚洲的《男左女右》，等等。自我认识了黄亚洲老师，始知诗歌的魅力竟然可以张口即来——他可以在开会、等车、吃饭的时候写诗，往往会未开完、车未发至、饭未食毕，诗倒是已经出生了，真是有倚马可待的行吟诗人的那种潇洒。前段时日应邀参加他的诗歌朗诵会，黄老师作了一通诗性十足的即席发言。他说，诗歌创作是自己喜爱的一种表达方式——诗歌是即兴的，适合朗诵的，五六分钟即让人完成了一次美的体验，总不可能朗诵一篇长篇小说让人昏昏欲睡吧。心想这话倒是有道理，诗歌以短小精悍、抒发情感见长，富有音律感和语言美的即兴朗诵，浓缩了腹中所要表达的精华，给人以"今日听君歌一曲，暂凭杯酒长精神"的快意豪情。

我捧着他现场所赠、早年写下的那本中英双语诗集《我在孔子故里歌唱》，那些走心的诗句如莲子般粒粒饱满：

我在孔子故里歌唱
这一刻，走进孔庙
我为什么总是梦见他的形象
皮肤黝黑，双手交叉胸前的慈祥
梦见他穿过松柏的缝隙，倾听
孩童们书声琅琅
……

读得似乎忘记了时间和场合，直到耳畔响起金石之声——台上正朗诵黄亚洲老师的力作《龙行两万里》，我仿佛瞬间从孔子的讲经堂来到红军的长征路。"在泸定的时候/你深吸一口大气/接连挣脱了十三道铁索/我甚至听见了铁索与你骨头摩擦的声响。"男声朗诵字正腔圆气势磅礴，把人带入这样的历史语境：长缨在手的红军战士像是驾着神龙突破重围，在中国版图上奋力穿行，四渡赤水，强渡泸定，跨越草地，翻过雪山，革命理想铸成凛凛精魂、铮铮铁骨，完成了人类历史上的惊人壮举。我真是不曾想过，诗歌朗诵出来可以如此有力量，一剑封喉，气势若虹。

朗诵这首诗的是知名朗诵家朱建阳先生。他一袭黑色 T 恤，留着高晓松式的狂野发型，浑身洋溢着老艺术家的激情和气质。正能量的诗歌借着他的磁性声音化作一枚枚银针，灸中每个听众的精神穴位。那诗是有电的呀，那针是带火的呀，我们的每一寸肌肤都开始发烫，触动。

这真是诗朗诵的魅力，我周身的血液仿佛都随着那一声声的诵读，涌动，沸腾，迸发。

黄亚洲老师的诗本就雄浑大气，配上朱建阳的朗诵，更添几分风骨。正如高山流水遇知音，我中有你，你中有我。

忽然想起几月前，浙江电视台教育科技频道主播焦征远先生在诗友会上朗诵我的散文《我的江南》，我也有这种感觉，仿佛我的文字就是为了配他的朗诵而生的。诗歌比散文更富神韵和情感，更是需要知音的。"嘤其鸣矣，求其友声"，《诗经》里已经把道理说得很分明。

诗歌，也许就是为了等待那一声穿透人心的朗诵，就像草原静候雁叫、荷塘期盼蛙鸣，一次邂逅，足以让人铭心刻骨。

朗诵间隙，黄亚洲老师坦言，与诗歌朗诵渐成一个现象级民间文化热点相生相伴，这种文化现象也是饱受质疑的。有人说，诗歌难道不是应该寻找一处僻静之地，静静地品鉴的么，何须像动物园的孔雀一样，在大庭广众之下当成公共节目来表演？

有人喜，自有人忧。持这种观点的诗家尚不在少数。其实，诗歌是既可以悦人，也可以自赏的。自赏的诗是手心里的一束蕙兰，幽幽香气自生；悦人的诗是原野上的星星野花，风过呈燎原之势。自赏的诗是"明月松间照，清泉石上流"；悦人的诗是"星垂平野阔，月涌大江流"。转换了情境与方式，诗歌的魅力也依然动人，她可以大隐隐于朝，也可小隐隐于野。

而我，自然是喜爱把诗朗诵出来的。朗诵的感染力就像是时装和香水之于女人，让人舒爽释怀而无法不爱。还记得小时候读过的那些古诗，母亲念一句，我也念一句。念着的是亲情的关怀，也是内心的晴明。而今次聆听朱建阳先生朗诵黄老师的诗，虽隔着十来二十年的时光，竟也有似曾相识的感觉。

诗歌，真的是可以念出内心的。

在诗歌里，原来诗人的内心可以这么辽阔，可以包罗万象，可以气吞山河。原来诗人的内心是如此丰盈而深邃，就像是走过无边无垠的大森林，每一次呼吸都能闻到来自不同树叶花草的味道。

忽然记起了我的好友、新加坡诗人齐亚蓉的诗：

> 走着平常的路
> 做着平常的事
> 过着平常的日子
> 遇见了几只不平常的鸟
> 在草丛里安静地觅食
> 含羞草不再含羞
> 粉白的花球对着我笑眯眯
> 软绵绵的草地上
> 我的身影不再是身影

那是我的灵魂

　　跟脚下的土地合二为一

　　她的诗就是她那一望无垠的内心呀。她的心在含羞草上，在草地上，在鸟儿的翅膀上。她的诗心无处不在。

　　即使她远在狮城，她的心和情也透着诗歌传过来了。真的是，苍翠欲滴。

　　就让我徜徉在黄亚洲的诗里吧，就让我陶醉在齐亚蓉的诗里吧。今夜，就让诗歌陪伴我做个好梦。

月光有音

月夜，在塘栖古镇走过，沿河传来阵阵柔婉苍古的乐音，像是空谷幽远的回声。

我认得，那是埙的声音了。这种古老的乐器的确是有种摄人心魄的能量的。

那是一处夜市里的小摊，主人正吹奏一管灰黑色陶埙。水滴形的身躯，十个小孔，奇妙的音乐从孔洞中悠悠然飘来，丝滑地拂过我的耳际。吹埙的是个小伙子，名小涛，许是见我听得如痴如醉，他便拿起了摊上的一只陶埙，说让我试试。

我学过葫芦丝，却从未接触过陶埙，想着吹奏乐器乐理相通，便欣欣然学了他的模样，用九个手指按在埙上，嘴巴早已按捺不住了，凑到吹孔中便可着劲吹了起来。谁知我根本就没有吹响，像是含着一粒吐不出来又咽不下去的核桃。

小涛见我窘态哈哈笑了起来，说我的手指其实并没有按紧埙孔，还留有一些空隙，形不成音腔，相当于"跑气"了；吹奏的时候，切不可将气流全数吹到孔里，而是需要留出部分到外头，为此得掌握好唇形。

即使要将埙吹响，也并非易事。记得在电影《百鸟朝凤》里，游天明为了练习吹奏唢呐所需的气力，光是用芦苇秆吸水就练习了好几个月呢。

经过小涛的一番悉心调教，我倒是也能吹出些瓮声瓮气的音符了。

他拿起一张简单的乐谱，那正是弘一法师所谱的名曲《送别》，上面绘着孔型图，他告诉我可以按照图示来吹奏。照着这份图谱，我缓缓地吹起了熟稔的旋律。

这次美好的音乐体验足以令我回味多时了，就像塘栖的月光。

传说，最早的埙只是一种石头。新石器时代狩猎的原始人发现投击猎物的石头上，系绳索的小孔能发出一种清脆悦耳的回响。于是，他们朝着小孔吹气以引诱野兽，从而发明了埙。本是无心的一次发现，却成就了埙的鲜活生命。很快，它由一孔成长为三孔，继而扩展为五孔、六孔，最后定型为独占"金、石、土、革、丝、竹、匏、木"八音中"土"音的民族乐器，亦充当"正五音、调六律"的封建礼器。儒家甚至用"埙唱篪应"来倡导以和为贵的思想。《诗经·大雅·板》传唱道："天之牖民，如埙如篪，如璋如圭，如取如携。"意思是上天对万民的诱导教化，犹如埙篪一样相和。唐人郑希稷曾作《埙赋》不吝笔墨称颂："埙之自然，以雅不潜，居中不偏。故质厚之德，圣人贵焉。"就是说，埙本生于自然，高雅而不玄虚，居中正而不偏斜，它质朴宽厚的品德，为圣人所珍视。埙，是担得起这些赞美的。出身陶泥的埙，只有泥土本色，没有任何粉饰，就像素面朝天不施朱粉的女子。它可以去掉尘世间的烦躁淫褒，戒除浮华浅薄，始终保持敦睦谦和。

埙的曲调不似箫般低回凄凉，又不似笛般清澈明快，性子是古远高绝的。它不必在阆苑瑶池中染上一身铜臭，也不必在秦楼楚馆里沾上一身艳俗；它在田园阡陌处，夕阳西下时吹起一曲，似那飒飒秋风、滚滚麦浪，让幽婉古雅的调子和着农人的汗珠淌下来。它生于沃野，以火为形，见证了石器时代的刀耕火种，际会过商周秦汉的兵燹狼烟。它多少次地，吹出了民生凋敝的泣诉，吹出了天涯漂泊的苦闷，把苍古的声音留在仰韶文化的村落中，留在河姆渡遗址的干栏式建筑里，留在唐宋元明清先民的耳廓畔。

看似无心的发现与演变，背后总是离不开那个时代的人对美的追求。从追求祥和的石器时代，到礼乐治邦的先秦，到盛世繁华的唐宋，再到开放多元的当下，埙其实是代表着一个时代的审美观的。那带着泥土芳香的埙，始终应和着时代的节拍，奏出大地的吟唱、天籁的绝响，更在歌咏人们追求至纯至美的精神境界。

曾经也喜欢用音乐播放器听埙曲《追梦》，仿佛是秋夜的一次对月清谈，淡淡的忧伤从树梢悄然萌发，诉说微雨的悲凉，已然觉得很美了。可当我听到小涛吹起这支曲子，才明白现代化的播放器还是替代不了那种真实而幽远的乐音。那乐音，仿佛月光洒在掌心，仿佛雨丝落在眉睫。

入耳的，是美；入心的，是大美。

这就是埙的艺术，也是心的艺术。无论时代如何更迭，劳动人民骨子里的审美之趣、河山之恋，千百年来都不曾改变。

现代生活色彩斑斓，我们却把日子过得越来越单调，把每一天过成任务。我们有太多的时间重复生活，却不肯静下心好好听一首曲子。我们固然可以纵情娱乐获得一时的快感，但往往与艺术享受无关。真正的艺术，是可以润泽到心肺、沉潜在骨子里的。正如月光一样的埙乐。

月光有音，不觉夜长。

Chapter 04 | 生活艺趣

第四卷

手中的诗

前几日，文学社的朋友一笑给我发了一张牛角簪的图片——那牛角簪甚是喜人，通体洁白，掂在手上，如同一弯皎然的新月；鎏金的簪头花饰，精工细作，绽放出绚烂夺目的光辉。

她不无得意地说，这支牛角簪是她的第一件手工制品。小小的牛角簪，为她赢得了满满的成就感。她告诉我说，牛角簪的制作需要用金色花片包裹在簪子周围，然后在花片上串上红色的珠子，以极细的铜丝加以固定；制作簪头的时候切不可心生杂念，免得牵一发而动全身。做了这支牛角簪，她又开始做坠子、做挂饰——大多是金丝与红玉的嵌套。她把照片发我微信上，每一张似乎都是手工艺品的出生照。

真是富有生活情趣的人啊！

和她聊天的过程中，始知她对文玩有着独到的见解——蜜蜡、琥珀、绿松石，等等，都能说出个子丑寅卯，八九不离十。她自己盘了一串星月菩提的手串，盘了大半年，美得教人作羞。盘得久了，手串的包浆也就萌生出来了，油光铮亮的浆衣仿若瓷釉般玲珑剔透，又像琥珀那样光泽自然。

这岁月形成的美，是用爱做的养料，在她的掌心开出了花。温润含蓄的手串，在她的指尖流光溢彩。

喝一口桃花酒，穿一袭红色贵气的汉服，她把生活过成了诗。

真的是诗，就在那些红红绿绿的丝线上、瓶瓶罐罐的肚子里，它无处不在。

前段时间，老家捎来了祖母自制的腌蒜，一罐罐的，摞在灶台上。祖母很是喜欢摆弄些手工之事，莳花弄草，栽培了一阳台的蟹爪兰、仙人掌；又种了些葱蒜和辣椒之类的时蔬。至于做得顶好的，还数这些腌蒜——我和母亲常爱吃，停不下来。她腌一罐蒜，把亲情严严实实装盛在小小的瓶罐里，腌制，发酵，酝酿出人生的香醇。这种香醇带着自然的风味，一筷子上了舌尖，甜而不腻，咸而不渍。懂得的人自然懂，尝的仿佛不是腌蒜，而是对亲情的感知和生活的理解，那是祖母为家居生活写下的一首诗。

其实祖父走后，她也挣扎过，痛苦过，心灵的伤痕久久难以抚平，她的瞳孔里曾经带着无边的空洞。可当她看着自己的双手，那双皲裂粗糙的手啊，她知道为这个家还有许多要做的事情——她开始做芋饺，做糟肉，做腌荞头，做一切我们爱吃的东西。她要把对生活的希望，延续在后辈的身上。

一勺盐，一勺诗；一勺诗，一勺糖。一勺勺地舀起了生活的情味。她渐渐把一个人的生活过成了诗。

当我打开她托人带来的瓶瓶罐罐，宛转的香气扑鼻而来，童年的记忆在我的鼻尖上活蹦乱跳。她老了，但手艺没有老去，还是带着乡土的味道。和她相隔百里之遥，但依然感受得到她那双手的温度，吃下一瓣腌蒜，周身都暖意融融。

我注意到，瓶盖上还留着一行歪歪扭扭的字："吃好瓶带回。"

她就是这样，腌得多了，对瓶子也有了感情。腌过菜的瓶子接着腌菜，岁月便不紧不慢地醇酽了、浓烈了，她的手工腌菜就像元代画家倪瓒的画，在时间的打磨下越发变得厚重了。

　　母亲打电话过去。

　　"妈，最近好吗？"

　　"好好，一切都好！给你们的菜都吃完了吗？味道还可以吗？"

　　我们都说好吃，一如既往地好吃。这种腌菜味道真的在菜市场和超市里买不来，那是家的味道，也是爱的味道。

　　去年秋天我去老家看她，她说，最近她又开始做起了鞋子，马上就要入冬了，自己做的鞋子保暖。我向来喜爱她做的手工鞋。母亲也做，两个女人聚在一起便交流心得。自己做了鞋给家里人穿，多余的送给邻居和朋友穿。祖母戴着老花镜，一针一线穿梭在她的指尖，她认真的模样仿佛是给自己做嫁妆。做鞋子最难的是上鞋底，得用钻子用力钻出孔，然后将线一针一针穿下去。鞋底和鞋面合上的那一刻，把对我们的万千思念也缝上了。慈母手中线，游子脚上鞋。那带着她手心余温的鞋子，仿佛不是她的手艺，倒像是她的心语。这种心语读多了是要流泪的。

　　记得林清玄曾经说过："在我们不可把捉的尘世的命运中，我们不要管无情的背弃，我们不要管苦痛的创痕，只有维持一瓣香，在长夜的孤灯下，可以从陋室的胸中散发出来，也就够了。"

　　那日常的手艺就是祖母的一瓣香啊。

　　母亲送了祖母自己针线钩的一只手提袋，她在电话那头说真好，真好。母亲在上面打了碎花，祖母正是喜欢花的。而祖母也绣了些碎花的枕套，给我母亲用，给我用。平针、回针、锁边针，每一种针法就像是诗的韵脚，一种无声的抒情。午后的阳光从阳台的一角斜照进来，祖母总是低头弯腰专注地在做她的针线活——我从小记得她的经典造型。如今做手工活的越来越少了，可她依然喜欢。她不愿放弃，那是她为儿孙们写下的抒情诗呀。

她用自己的双手为晚年生活赋予了意义。

生活本无意义，赋予它创造力和人情味，便有了意义，无须向外人炫耀。如此，便好。

忽然想起汪曾祺先生在《人间草木》中提到过他自己做插鬓花的经历。大年初一，汪先生到后园选了几枝带骨朵的腊梅，剥去骨朵，用极细的、穿珠花用的铜丝穿着插鬓的花儿。他还寻了城门口穿珠花的铺子专门去看，一点点地做，把自己的手工作品送给祖母、大伯母、继母。你看，即使经历了十年的苦痛，他不也照样把日子过成了诗、为生活增添了一抹亮色？

我真正读懂了一笑的手工、祖母的手工的含义。那是她们身心自由快乐的打开方式。

那是她们手中的一首诗。

一只痴情文莺

前段时间刚开始玩美篇，聊以晒晒经久不见光的一些陈年旧作。

一位笔名叫作"文莺"的美友在我的文章下边留言，给我的文字以高度的评价。我继而便同她聊了起来，却不想如获挚友，原来她竟是一位小有成就的京城诗人、散文家，开博多年，在媒体杂志上发表过大把原创文章，还出过书。见字如面，我当然欣喜不已。

文莺是北京人，却对我所在的这个城市——杭州，有着不解之缘。

1999 年仲秋，她随一场绵绵的秋雨，飘落在了这座城市。那属于少女的浪漫才情，催生了她的烟雨江南梦。她在这里坐庐山水，陶醉那三秋桂子、十里荷香。

聊起杭州，我们就像失散多年的忘年交，言语之间毫无违和感。

她说，西湖有她的泪。

第一次在西湖边喝茶，她沉醉于湖光山色，动情得呜呜哭了起来。同行亲戚都笑她痴人，她却执意让自己的眼泪纷飞，化作柳浪的枝条，化作桂雨的花香。是谁的眼泪纷飞？一个有情怀的少女的眼泪。

一晃，就是十八年。

她赠予我她的两本书，一本是散文集《和一座城市谈一场恋爱》，另一本是诗集《水晶与摩卡》。

《楞严经》里说，"此想不真，故有轮转"。文莺的前世一定是属于杭州这座城市的，对它的感情纠缠得如此深厚，让人看了心都要融化了一般。她爱杭州的湖山，爱江南的雨丝。我读她的文字，仿佛江南的烟雨蒙蒙。"水是江南一缕飘逸清秀的长发，漫步小巷，曲曲弯弯，在每个青石铺就的巷弄里，觊觎邂逅如'英'与'文'那样一段情事。"水一样的女子，邂逅江南的水，怎能不叫人柔情如水？她因江南的山水而生情，江南因她的文字而增色。

有些人，遇到了一个地方，她的心就注定属于这里了。文莺就是这样的一个女子。她在杭州买了房子，时常南来小住，品一壶龙井新茶，呷一口虎跑泉水。和她聊天的过程中，我始知她对中医和美食也有着独到的见解，她用笔墨记下了自己的思考和感悟。其实，一个真正的文人，骨子里往往不都是文学，也浸淫着多方面的学养。用那三五文字阐述心灵一隅的美好，岂非人生的乐事？

文学绝不是孤独的赏玩，而是一根串珠金线，串起了人生所痴爱的各个方面。就像雪小禅对戏曲和书法的喜爱，就像文莺对美食和中医的酷爱。

雪小禅的文字流露着对老器物的钟情，那种钟情毫无缘由，缘生缘灭，一念之间。即使是深山陌巷中的残砖碎瓦，她也可以长途奔袭去拾了来，做茶台，做文玩。

福建的老红砖，渔村的小瓦罐，她可以乐此不疲地亲自去收，即使千山万水，即使千辛万苦。又何妨孤舟蓑笠、大漠孤烟。

这就是文人的痴啊！一个文人要是不痴，又何以写下如此有感染力的文字呢？三国时有个玄学家叫荀奉倩，一日妻子发烧，他把自己放在冰天雪地里冻冷了，用身体去给妻子降温；直到妻子因病离世，他也不离不弃，这可不是文人的痴么？

爱一个人，爱一座城，文人的痴才是文人骨子里的情圣。

所以我很少看无病呻吟的东西，绝不写无病呻吟的东西；脱离了生活情怀的文学，那是不纯粹的，是该作为文字垃圾丢到垃圾桶里去的。这种生活情怀需要文人的痴情、文人的深情、文人的真情。就像是一场轰轰烈烈的爱情，可以没有耳鬓厮磨，可以没有侬词软语，却不能没有刻骨铭心的情感。

这也是我喜欢文莺文字的原因。

前几日，我应一位散文家之邀，为旅居新加坡的诗人齐亚蓉来杭接风。齐女士是从陕西黄土高原走出去的，她的诗歌有着北方的雄浑感和江南的灵秀感。谈起小时候故乡的生活，她像打开了一个童话世界一样兴奋。那是渗到骨子里的热爱——她将对故乡的爱化作了诗，鼓动全部的热情和激情歌唱黄土地的梁峁窑洞和父老乡亲。

从曾经的默默无闻，到一次偶然间参加诗歌大赛写了第一首诗，她突然发现，自己的生活日常竟然可以化作如此美妙的东西！

我送给她些时鲜的杨梅，她头一回见头一回尝，边尝边不停地说："真好吃！真好吃！"她笑得孩子一般灿烂。第一次来到杭州，她就深深地喜爱上了这座城市。她说，无论古代和现代，杭州都是适合写诗的地方。诗是她生命的酵母；祖国，是她安放灵魂的圣地。

　　我忽然明白了她的痴，缘自对故土割舍不了的深深眷恋。

　　我也由此想到文莺的散文和诗，可不也是融入了孩子般的痴么？这种痴不会随着年龄的增长而改变，不会随着社会的递嬗而消磨，而是深入到每一滴骨血、每一寸肌肤里去的；即使最后化作了一抔泥土、一季草木，也丝毫不会溶解。那是真正的"蒲苇韧如丝，磐石无转移"啊！

小说的经典

　　习惯了在床边放上一本书，挑灯夜读，闻着书香的味道，进入梦乡。

　　路遥的小说《平凡的世界》，读了两遍。当年在被窝里阅读这部经典小说，连时间的流逝也全然忘记了。看到晓霞被洪水吞没、少平在报纸上看到消息后痛不欲生的一节，忍不住悄悄抹了泪。为了爱情，他可以挑战悬殊的家庭背景，却逃不过命运的戏谑；为了磨平失去心上人的伤痛，他在煤矿里拼命地工作，把日子过得没有了黑夜白日。爱情让人心醉，却也让人心伤。少平的灵魂像是坠入无边深渊，他呐喊着，咆哮着，却阒无人迹，有苦难诉。

　　曾经的少安深爱着润叶，可是他不能爱；她是干部的女儿，而他却只是一个面朝黄土背朝天的农民。他选择了默默放弃；那个她，却作为调和父辈干部关系的牺牲品嫁给了毫无感情的向前。一朝的别离，数个家庭的伤痛。她把伤口在生活的阴影里静静地舔舐，却还是无法熬过无爱婚姻的痛楚。家庭条件，阶级成分，政治背景，婚姻成为一件标着价码的商品，鹣鲽情深的人儿沦为了星汉相隔的牛郎织女。

　　把文字写得如此细腻的，实在是一种很高的艺术境界。在平凡的世界里，每个个体都在和命运抗争着，却始终逃不过命运的牢笼。这是属于那个特定年代的中国青年的心灵苦难史，也是属于小说家内心世界的真实反映。

路遥为了创作这部小说，熬心沥血——前后准备三年，创作历时六年，到第二部完稿的时候，甚至口吐鲜血口不能言。他经常流着泪笔耕不辍，也因此患上了眼疾；由于过度劳累，他只能半躺在桌面上，歪斜着身子勉力书写。肝硬化晚期出现了腹水，他依然奋笔疾书，以自己的血泪抗争着命运的戏弄——他把时代的悲歌和个人的苦难熔炼、淬火、锻打，铸成一把人性利剑，直刺不公平、不合理的社会现实。

丹纳在《艺术哲学》中提到了一种艺术的特质，即环境、风俗习惯和时代精神，决定着艺术的个性和风格。文艺复兴时期拉丁文明治安混乱、民风散漫，极尽奢华的民风民俗，造就了艺术家追求富丽堂皇而天马行空的个性；日耳曼文明长期与恶劣的自然环境做斗争，民风偏重实干却忽视创新，严重腐蚀了艺术想象力的土壤，就连艺术创作也显得保守而只注重刻板的描写与刻画。

至于艺术门类之一的小说，也大抵如此。小说家生活在某一个特定时代，用洞穿人间冷暖的双眼为时代背景留此存照，将社会的光明面或阴暗面定格，以文字的形式冲印在层层叠叠的纸上。社会的矛盾与冲突，小鹿般冲撞着小说家的灵魂。可以说，没有矛盾冲突点，就没有充满生命力、富有典型性的作品。他们用细腻的笔法，描摹时代冲突的旋涡，为治愈社会的创伤开出了药方；用文字的棱镜聚焦社会矛盾的关键点，为社会的变革图新提供了参照。

越来越喜欢阅读中外经典小说，仿佛品着越来越醇的酒，把前人精神的积淀慢慢品呷，并不让人沉醉，倒让人清醒几分。海明威的《老人与海》、哈帕·李的《杀死一只知更鸟》、卡勒德·胡塞尼的《追风筝的人》，刺激着我的七情六欲，激发灵魂深处的感动、欣忭抑或辛酸。毛姆小说《月亮和六便士》中的主人公查理斯·斯特里克兰德，人到中年洋洋得意之时，舍弃了拥有的一切，包括家庭和事业，旅居到南太平洋的塔西提岛，与土著人一同生活，追求艺术的灵性与感悟。常人无法理解的事情，只有他做得顺理成章。故事主人公的原型竟然是法国后印象派画家高更，那个使梵高失去了一只耳朵的男人。

身处法国大变革的时代，毛姆不仅仅塑造了一个"歇斯底里"的画家，更揭示出了那个时代的后印象派与古典主义的冲突、艺术与生活的冲突、现代思维与传统表现手法的冲突。经历过童年时代因口吃被同学老师嘲笑、因身材矮小被孩子王欺凌的他，更能深刻洞穿人性和社会的矛盾点——他大声哭喊着，奋力挣扎着，全身每一根汗毛都不可控制地竖了起来。他笔走龙蛇、夜以继日地将第二次工业革命时期社会传统与现代思维的碰撞作了经典的文学呈现。在完成作品的那一刻，他如释重负，像个死人般瘫软在了沙发上。

与此异曲同工的是，诺贝尔文学奖得主、中国作家莫言的名著《檀香刑》，对"东北高密乡"一场兵荒马乱的运动、一桩骇人听闻的酷刑、一个惊心动魄的故事做了生动反映。代表野蛮保守势力的刽子手在孙丙身上剐出一刀刀肉，仿佛就剐在我自己的身上，子规啼血，痛彻心扉；在袁世凯铁血治下的中国，山河变色，生灵涂炭，仿佛就活生生地呈现在我的眼前。

如果路遥、毛姆还不曾离去，是否眼见当下快餐式的、缺乏营养的娱乐小说要痛苦得流下泪来？太多的玛丽苏式（自恋）的情节堆砌，太多的人云亦云的老套故事，大行其道，却缺少了对社会、对人性矛盾冲突的深刻解构。经典小说，势必是对人物有入木三分的刻画、对人性有砭入肌骨的体悟的，需要作者对社会现实做深刻的思考和深度的挖掘。文学作品脱离了对社会、人性的思考，势必成为无源之水、无根之木。这不唯他们所处的那个社会和时代，当下转型时期的中国也有着许多矛盾冲突和值得深思的地方，比如人工智能的跃进和传统工艺的复兴的矛盾、清廉政治和权力寻租的博弈，等等，难道不值得作家们深度挖掘、深入思考？

经典的诞生是需要艺术家们倾注心血的。维克多·雨果的眼睛洞穿了巴黎圣母院的拱门叶窗，卡勒德·胡赛尼的风筝飘飞在苍茫天际——有谁知道，他们的笔下，流淌着多少不为人知的血泪？想起路遥在临死前还紧握着钢笔，在平凡的世界里铸就了不平凡的灵魂，我们仿佛依然能清晰地听到他通过作品发出的振聋发聩的声音，心潮澎湃，难以自已。

"文变染乎世情，兴废系乎时序。"文学作品应该成为读者洞察社会现实和世道人心的镜子和窗口。期待在这个遍地网红的时代，能再见到一些有血有肉有灵魂的小说，再多几个路遥、毛姆为我们的心灵指路吧。

我看广场舞

母亲喜跳广场舞，每天晚饭后都会去小区旁边的一家公园里跳上个把小时。

我差不多也是这个时间在公园里跑步，跑完就坐在一处绿萝藤下的石椅上，饶有兴致地看她们劲歌热舞。

中国文化真正火遍全球的，要数广场舞了。和孔子学院不同，广场舞的积极推广者不是政府而是中国大妈。据说，美国时代广场、莫斯科红场、英国海德公园都不乏欢快舞动的中国大妈们。

母亲所在的嘉绿南苑舞蹈队约莫有二三十位舞者，年龄在三十至六十多岁不等。盒式音箱是她们集体筹资购买的。至于舞曲，我最为熟稔的，是乌兰图雅的《我的西藏》："西藏啊西藏/我的西藏/美丽的雪域高原/我是你的雪莲花/我要开在你的雪山上……"

她们随着富有韵律的节拍翩翩起舞，好像鹞子一般纤巧灵动。一瞬间双手高举似托起云彩霞光；一瞬间两手下摆似清扫尘世污浊。合着轻快的音乐，她们两腿交叉碎步向前，随着节拍舞动着优美的身姿；继而又单腿提起双手左右挥动，好似表达丰收喜悦的藏民甩着长袖。

真是令人目不暇接，我好像走进了勾栏瓦舍看起了大戏。她们的那种活力与青春，让人丝毫看不出岁月的氧化、世事的磨损。

其实细细想来，跳广场舞绝非人们想象的那般容易，这是真正可以称作大众艺术的精神产品。所谓大众艺术，在我看来至少需要具备三个"性"：

一曰创造性，须是智慧的聚变或裂变。母亲告诉我，她们不仅需要各自从网上观摩视频，还需要领舞者自己设计动作。每套动作还颇为讲究：既不可频幅过大过密，得经得住中老年人的筋骨和体能；又必须花样繁多，给人以美感和韵味。这些舞蹈动作绝不可雷同于既有的舞蹈，得别出心裁才能引人有兴趣去学；又不可天马行空、随心所欲，得结合乐曲本身的节奏和特点——要是让一支慢舞跳出迪斯科的感觉，那可是贻笑大方了。领舞者还得亲自去试——试上个百十遍的，再反复琢磨才能跳出"犹似霓裳羽衣舞"的那种感觉；要是众人觉着不满意，更是有推翻重来之虞。如果你认为广场舞没什么技术含量，那是"堂吉诃德战风车"，大错特错了！

二曰艺术性，得有摄人心魂的美感。没有美感的东西，是绝不可称作艺术的，就像冬日里你在路边扫了一堆残雪，又有什么美感呢？但是，艺术家们用雕塑艺术把它们塑成一只笨笨熊、一个卡通人物，俏皮地跟路人做着鬼脸，那美感就打着滚儿出来了。你看那广场舞者，步调是那样的整齐划一，身影是那样的飘逸矫健，远远望去，仿若群树开花、彩云追月，这是多么富有美感的画面。不信你问问那些驻足观看的路人，他们如痴如醉的眼神已经告诉了你一切。

三曰群众性，起码得让人易学易会，乐于接受。阳春白雪，曲高和寡，像芭蕾舞这样的专业舞蹈，只适合在剧场里表演，是没法在广场上推广的。说句不中听的话，那两点脚尖是撑不起中国大妈壮硕的腰身的。

广场舞者们深深热爱着这片绿草如茵的小公园，热爱着这种强身健体的户外运动。"你是我的小呀小苹果，怎么爱你都不嫌多"，简洁明快而又朗朗上口的歌曲像魔棒一样吸引着她们。

母亲所在的这支舞蹈队，人员舞蹈基础参差不齐，从事的职业五花八门，既有当清洁工当保姆的，也有兼职送外卖的，不为别的，只为共同的兴趣爱好聚集在了一起。她们跳着跳着跳出了点名堂，经选拔代表杭州市参加全国广场舞比赛。她们自掏腰包置办了衣服、鞋子、头饰、道具，由经验丰富的郭老师担任艺术指导。郭老师集队长、编导、教练于一身，是参赛队伍的"灵魂"。无论刮风下雨、酷暑严寒，舞蹈队每天坚持早、中、晚三次排练，几无间断。她们所选的曲目是藏族民歌《心上的罗加》，有故事、有情节、有创意，新颖别致。舞蹈在悠扬的清唱声中拉开序幕，藏族舞步三步一撩入场，三个造型，七个队形变换，动作轻盈飘逸，最后的大结局是有情人终成眷属。团队里有歌星、舞星，有集体舞的恢宏气势，又有独舞的优美曼妙。这套自创自编的广场舞大获成功，一举夺得杭州赛区二等奖，并获得今秋赴香港比赛交流的资格。

那天我问母亲，为什么那么喜爱广场舞，她笑笑说，自打自己跳了广场舞，身体好多了，心情也好多了，广场舞让她结识了这么多好姐妹，朋友也多多了。昨天谁家生娃了，今天哪家娶媳妇了；昨天谁在微信朋友圈发了旅游照片，今天谁又新学做了几个菜——三言两语唠唠嗑，日子也就过得舒畅多了。

广场舞带给人的变化，我倒是见证者——前两年母亲下了班总是躺在床上说心口痛，得请阿姨做饭；这两年她却变得精神矍铄、生龙活虎，自己下厨做饭烧个菜已不在话下。

能不承认广场舞的好处吗？

广场舞跳得自在，心情也自在了。对于爱舞之人，要是碰着了下雨下雪跳不成舞，那真是比吸了一整天的雾霾还难受。

早在唐朝时，安禄山跳得一手好的胡旋舞。白居易说这种舞蹈"弦歌一声双袖举，回雪飘飘转蓬舞。左旋右转不知疲，千匝万周无已时"。安禄山不但自己跳，还拉了杨玉环一起跳，两个人翩翩起舞，宛若流风回雪，惹得唐玄宗是眉飞又色舞，专门造了一座"吹笛楼"观赏胡旋舞。有一次玄宗看得兴起，接过羯鼓亲自打节奏，把鼓都给敲破了。唐代民风开放，这种胡旋舞倒是有点现在的广场舞的影子——欢快、曼妙，完全是顺着内心去跳，放得开、收得住，收放自如。

所以，你看广场舞真是天性最真实的流露、激情最自然的释放，它不做作、不矫饰，完全是一种自在的活法。一位当幼师的朋友告诉我，他们幼儿园竟然要叫小朋友当着家长的面又唱又跳，还非得要求他们面带欢笑充满感激之情，你说这不是搞笑么？小朋友的天真烂漫何必要人为地塑造？所以，我由衷欣赏忘情地跳着广场舞的中国大妈们，她们真的是社区的一股清流——释放出自然的天性，哪怕孤芳自赏不也一样怡人？

自然，广场舞不可随心所欲，该遵守的规矩还得遵守。2016年，武汉广场舞者被泼粪、郑州广场舞大妈遭"钢珠"袭击等事件殷鉴不远。广场舞毕竟借地于广场，遵守社会公德是必须的——既不可大开音乐扰民扰邻，又不可抢占地盘影响他人。高考前不能跳，离居民区过近的场所不要跳，这恐怕也是最基本的"舞德"。

把广场舞跳好了，娱己悦人、以文化人，人生也就精彩了，我很乐意给广场舞、给中国大妈们点一个大大的赞。

神秘之园

翻出十多年前的老 CD，班得瑞的《寂静山林》熟悉的音乐仿佛还在耳边缠绕。擦去盒子上的灰尘，把光盘推到 CD 机里，清泉一样的音符像是从山间罅隙中汩汩流淌出来。惊叹于一个音乐团体的脚步，可以到达阿尔卑斯山的深处，录下大自然天籁般空灵宛转的声音，把鸟鸣、花香从山野采撷到我的耳际和鼻尖，眼前顿觉万物正在萌发，蓬勃地生长。

曲目停留在那一首 *I Swear*，空灵澄澈的音乐和手里的那本《瓦尔登湖》很配。

听着轻音乐，时光便渐渐老了，没有了我和山林的距离。

读梭罗的《瓦尔登湖》，读了三遍。一本散文集可以成为世界经典名著的，少之又少。作者一个人在康科德镇的山林中住了两年，一个人把时光过得没有了日升日落。自己伐木造屋子，静静地在湖上泛舟，用那对瞳孔捕捉春去秋来天地荣枯，捕捉草木榛榛湖水盈盈的景致。没有什么多余的语言，把一颗心在湖里洗干净了给自己看。

这个世界正在愈加变得复杂，人们逐渐成为别人想看到的自己。谁又能像梭罗一样，静静地独对这一片湖，看一看自己真实的面容呢？看梭罗的书得配上轻音乐，在荡漾开的乐声波纹里捡拾记忆中落下的黄叶。音乐不停，情思也不会停，人的精神世界也像瓦尔登湖那般澄澈、阿尔卑斯山那般空灵——只有在你享受这一刻的时候，它才会有如此超然的呈现。

一行禅师说，生命的富足来自独处。这种独处是活在当下，用心地观察或参悟正在发生的事情。做一件事而想着另一件事，永远不会感受到内心的宁静。

所以我很喜爱轻音乐，它有一种乡村音乐的纯味，能够把心给抚摩得柔软了。

以前在西溪花间堂的入口，走进一间咖啡书屋，舒缓的音乐飘漾在小木屋里，绕着身子盘旋至耳际。那一刻的美妙，畅快无比，只觉身子飘飞在了彩云之上。两旁的书架上，有着不少印着卡通图案的、自然风景的明信片，它们错落有致地插放在透明的小框里，等待有缘人去选择。店主人说，在这里，可以给未来的自己寄一张明信片，把当下的记忆定格，等待未来开启那一瞬的动容。

我饶有兴致地选了一张，写下了自己的名字，也写下了这首美妙的背景音乐的曲名——贝多芬的《献给爱丽丝》。淡雅的音乐还在流漫着，琴键上跳动的音符有一种摄人心魄的能量，花瓣一样飘落在我的情感深处，让人觉着像是要醉了去。据说贝多芬在 40 岁的时候爱上了自己的学生特蕾莎，在心情甜蜜的一刻写下这首曲子，将它命名为《致特蕾莎》。可到了正式出版的时候，整理乐稿者却将它错看成了《致爱丽丝》。曲名阴差阳错，可经典却永远流传下来，成为了音乐史上一座不可复制的丰碑。

午后的阳光从窗外斜照进来，手中的明信片呼吸着阳光的味道，染上一层金箔般的颜色。我在地址栏里工整地写上了自己的住址，把它轻轻地放回到架子上，期待来年的自己收到此刻寄出的明信片。始终相信，音乐是一种穿越时空的力量，可以唤起尘封的记忆——就像我当年在英国卡迪夫校园里听到的那首《安妮的仙境》。那是春天，看风中吹起的蒲公英踩着梦幻般的舞步，落到书桌，落到课本，落到徐志摩诗集上。你好吗，留学的旧时光，我喃喃地对它说。我多想再听一声塔夫河湾的汽笛声，再看一眼爵士城堡里的古籍，再走一遍鲜花簇拥的小径，再饮一杯乡村酒吧的黑啤，再像诗人一样吟唱着欢乐的赞歌。此刻的我，只想对远方的朋友轻轻道一声珍重，期待着未来翻开明信片的那一瞬，在时光隧道里拾起蒲公英的种子。我会记得，一定会记得，此时此刻笔尖留下的祝福。

多么神奇而美妙的音乐啊！

忽然，又在书屋前台发现放在木格子里的花茶。覆盆子花果红茶、杏花蜜桃花果茶、蜜桃冰淇淋花果茶……在优美的音乐声中，它们睡得很香甜。我并不想去打扰她们，只是静静地望着她们的睡姿，在轻慢的时光里散发着淡淡的幽香。

"这首曲子叫什么名字?"我好奇地问起了店员。

"叫《神秘花园》。您听过?"

我笑了笑，只是觉着曲调陌生而又熟悉，像那么一个曾经擦身而过的倩影，我记得她的模样，却又叫不出她的名字，丁香花一样的名字。

一年之后，我收到了自己寄出的明信片。翻到背面，看到自己的字迹，像是刚写上去似的。我仿佛可以听到那首熟悉的曲子，记起留下过我的足迹的那家咖啡书屋。我在手机里放起曲子，那种简静的味道重新找回来了。

音乐唤起记忆的能力真的可以如此神奇。时光流逝步履匆促让人淡忘的一切，却可以在音乐中瞬间唤起。当年留下的步姿、路过的景致，竟然可以如此清晰。岁月如河，我的世界可以沧海桑田，可以物是人非，可是音乐永远不会老去。

音乐的魅力，就在于把打碎了的记忆重新拼合。

所有美妙的音乐，都是我的神秘园。

爱与灶火俱老

闻草香，观清溪，听蛙鸣，捉黄鳝。初夏时节，在杭州临安山区的朋友家作客。

那是一幢山坡上的老房子，院子里堆满了柴禾。明晃晃的柴刀靠着石墙，挨着几只木桶，似乎在睡回笼觉。一只大黄犬，用爪子在身上挠痒痒，逍遥自在地晒着太阳，眼睛不时好奇地打量着往来的客人。

临近晌午时分，炊烟袅袅升起。烟囱是铁皮箍的，被烟火熏得漆黑，那是岁月的印痕。主屋旁是一间柴房。一位老奶奶正蹲坐在厨房灶台后烧柴禾，抬起头和我打了个照面。她年近八旬，沟壑般的皱纹纵横在额头和脸颊上，面容和蔼慈祥。

朋友说，奶奶年轻时还是村子里唯一的一个高中生，俄语说得很溜；却不想她刚毕业就赶上了政治运动，失去了给自己谋个体面工作的机会。一次，在外出赚工分时认识了一个男人。他就跟了她，入赘到了本村。

想来老奶奶的一生殊为不易，本可以有远大前程的，却不得已守着锅碗瓢盆，青丝熬成了白发；好在收获了真爱，究竟是遗憾呢还是幸运呢，答案也许就在她整日挂在脸上的笑靥中了。

她往灶膛里添着柴禾，时不时被烟火呛得连连咳嗽。

我说，奶奶，让我来试试吧。

她点点头，会意地笑了笑，粗糙黝黑的手递过来一把火钳。钳口已被火熏烤得漆黑一片，像灶膛里的焦炭。

窜动的火苗带着一股浓烈的柴火烟味，不觉熏得我两眼沁泪了。身后横七竖八堆满了竹片、柴薪，便用火钳夹了竹片，战战兢兢伸到灶膛里。鬼舌头般血红的火焰瞬间吞噬了竹片，给它自己也长了个头。

又夹了几块木条子进去。火势猛地起来了，冲着大锅上窜下跳，热浪烤得我满脸汗珠子打滚。朋友的母亲正在灶台上炒着四季豆，香味四溢。这种豆子有微毒，易引起恶心呕吐，得在沸水里焯上片刻再炒；煸透了，方可入口。我倒是有些扬扬自得起来，等下吃自己烧的菜，该是怎样的惬意。

可没承想，那灶火竟然越来越有气无力，最后竟然在我神游间熄灭了。惊得我一下就把火钳抽了出来，右手不留神还被炕沿上的铁皮箍给烫着了，生生疼得我龇牙咧嘴。想想自己从小也是有过乡村生活经历的，怎么连个土灶头都烧不好？细思之下，恍悟自己脚步已然走远，身上少了三五分烟火气。

奶奶寻声赶来，忙说，还是让她来吧。我面露愧色，无奈让位。

"加柴不要停，停了容易熄火。"她看着我说。

我连连点头。她说，竹条容易引火，却不耐烧；木柴烧得久，却需要引燃。燃料投用讲究一竹一木、一张一弛，得按序来。听她说起这些，我才点滴找回了童年在乡下烧土灶的记忆。正所谓"劈柴担水，无非妙道；行住坐卧，皆在道场"，看似简单的添柴烧火，却饱含生活的哲理。这原本不是门像样的农家手艺，老奶奶却像炒制山核桃那样，用一颗匠心供奉着。

饭后，坐在青山四合的院子里，听朋友聊起奶奶的往事。

奶奶年轻时本不喜农活，不爱烧火做饭，更不会下地干粗活，总是交给丈夫去做。她自嘲，嫁人时，学生气重。新婚燕尔，春风满面，她浪漫地挽着丈夫的手，蹦蹦跳跳走在乡间小路上，脸上写满了幸福。那时的她得闲就爱看书，独坐阳光下，一看就是一整天；还时常和丈夫说起学生时代的趣事，不住咯咯地笑出声来，像个天真少女。

她总喜欢望着在灶头烧火的爱人，给他讲保尔·柯察金和冬妮娅的爱情故事。文化不高的他听得津津有味，连连点头，她笑靥如花。春日，丈夫砍来桑树，捡了松枝，煮起一锅香喷喷的笋干，在灶火的映照下，两个人你一根我一根喂着对方。秋日，丈夫上山找了被风吹落的核桃木回家，蒸煮起一锅金黄的老南瓜，借着灶火的暖意，两人围着灶头分享劳动果实。灶火一年四季见证着这段纯真而温馨的乡村爱情。

几十年就这样翩然过去。没承想养大了三个孩子，本该是含饴弄孙的时候，老伴的身体开始像老旧的机器般这里修好那里又坏了……

这些家族记忆，点点滴滴还原着浙西人家的乡村往事，让人回味无穷。朋友深情地望着佝偻耳背、正在劈柴的奶奶。柴刀一刀刀下去，木柴应声裂开。奶奶的身子骨不算硬朗，干起农活却不含糊。

"那一年，爷爷突发脑溢血，整个人一下子就僵住了。三个儿子急匆匆把他送到医院。医生检查后说，不开刀肯定挨不过明天，开刀尚有一线希望。可医疗费用却惊人地昂贵……"

这对奶奶无疑是一个晴天霹雳，她一下子瘫软在地。即使隔着时空，我们仿佛还能看得到她当时的泪眼泫然。

她咬咬牙对三个儿子说，开！花多少钱都开！

可谁都未曾想到，开完刀，老伴竟成了一个植物人。这个朝夕陪伴在枕边的人儿，大小便失禁，说不出一句完整的话，走不了一步利索的路。他曾经厚实有力的肩膀，注定再也担不起这个清寒的家了。

医生在他裆部挂上了塑料袋，用以兜住大小便。奶奶每天五更就得起床，把秽物清理掉，再帮他把身子擦洗干净。夏天，他的身上长了褥疮，痛得咿咿呀呀地直叫唤，隔着两个房间都听得见——她得每隔两个小时为他翻一次身。丈夫一米七多的个头，她得使出全身的力气，每次都累得筋疲力尽，连话都几乎说不出来。翻了身尚不够，还得拿湿毛巾把脓水一点点揩干，涂上药膏，直到嚷嚷声渐消。

他像个孩子一样，要有人喂饭。于是，她开始学着烧火做饭，变着花样做好吃的，一勺一勺地喂到他嘴巴里。一次给他喂饭，他竟望着她默默流泪了，抓住她的手怎么也不肯松开。她再也忍不住了，跑到屋外号啕大哭，任由眼泪恣意流淌。她能听到他内心的声音，那是挣扎的声音啊！

更要命的是，家庭经济来源也戛然断了。丈夫本是在陶土矿干活的小工，收入原只够一家人勉强度日；这一病更如凛冬突至，雪上加霜。她忍悲含泪，开始学着下地种蔬菜种庄稼——那可是她最不擅长的农活啊！

她挽起裤腿，打着赤脚，"锄禾日当午，汗滴禾下土"。她吭哧吭哧挑着菜担，沿着盘陀路翻山越岭，到镇上集市叫卖。

"卖豆角呀！卖笋干咧——"

她就这么日复一日地吆喝着。这是一个村妇对生活的希望发自心底的呼唤。

一天，她在坐公交返家途中，全天卖菜的收入让小偷给顺走了。走到村口，她摸索着口袋发觉少了钱，整个人变得歇斯底里起来，带着哭腔，逢人便问："我的钱呢？我的钱呢？"

路人都用异样的目光看着她，仿佛在看着一个发了病的女人。

回到家，儿子们给她打了饭，她怎么也不肯吃，只是眼神涣散地发愣。问起缘由，她带着哭腔说自己丢了钱，哪还有心情吃得下饭呀。

她一生钟爱的那些经史子集再也没有翻动过，堆放在老屋子的竹架上。老鼠和蟑螂在上面肆无忌惮地攀爬，在积灰中划出一道道印子。很难说清，这究竟是虫豸的爪印，还是她心中的伤痕。

爷爷中风一年间，她仿佛已在尘世风烟里漂泊了十年。

爷爷终究还是走了，奶奶再也看不到听不到相濡以沫的他生命的短长。当他在她怀中合上眼的那一刻，她感到了一种欲哭无泪的虚空。

她强忍中年丧夫之痛，把一个农家的悲欣荣辱扛在了肩上。我仿佛隐约间看到，她就蹲在那个土灶台的后面烧火、做饭，年复一年，直到挺拔如荷的身躯变得枝虬茎曲，直到肤若白玉的手掌变得茧厚皮糙。

她一直保持着那样一个姿势，用那双曾经捧书的手拿着火钳，把柴禾一根根喂到灶膛里，打理着一大家子的一日三餐。动感的烟火，掩映着一张沧桑的面容，一桩桩深情的往事在眼前亮成一片……她想要告诉他，他的冬妮娅还在这里，为他继续讲述着爱情故事呢！

她多想永远留住那些他们一起烧火、讲书、牵手、谈笑的美好时光啊！

她要把灶火烧得旺旺的，一人扛起两人的责任。那一年的辛酸悲苦，蓦然成了她的一辈子。

"奶奶……"我叫住了正在劈柴的她。她回过头来，朝我咧嘴憨笑了起来，露出仅剩的几颗牙齿——依然一副慈祥和蔼的模样。

忽然觉得，一股淳朴的乡土气息从四面八方涌入我的躯体，净化着我日渐颟顸的心灵，让人有种蝉蜕的感觉。

我知道，奶奶对人生的阅读已经远远超越了那一屋子的书。从学生气到烟火气，从稚气的姑娘到家庭的栋梁，她终究没有成为一名指点江山激扬文字的知识分子，却已然活成了生活的智者。

生活本有多种选择，重要的是，选择了一条路，就要挑起一副担子，一头挑着爱，一头挑着责任。有爱的世界，从不荒凉。

竿起白露

白露到，溽热散，天气渐凉，正当临安山核桃成熟季。秋风中，挂果的山核桃树似乎已在向我招手了。

山核桃的风味，以临安昌化的为最。这种坚果几乎和昌化紧紧地捆绑在一起，与这里盛产的鸡血石一样，让世人对这个浙西小镇的认知变得独特而容易。

昌化山核桃粒圆壳薄、脆口生津，自明朝初年以来开始种植、榨油，据说一度还成为朱元璋起兵反元时的军粮。清朝黄景仁《核桃园夜起》曾云："梦回小驿一灯红，四面腥吹草木风。身似乱山穷塞长，月明挥泪角山中。"近年来，借助于互联网平台，这种珍果声名远播，风靡全国乃至海外，成为吃货们餐余饭后、休闲居家的首选零食之一。

岳父一家都是土生土长的临安昌化农人，家族世代的血脉经络都与山核桃树的根系紧密连结，难解难分。在他们所在的村庄，家家户户种植核桃树，作为维持生计的重要收入来源。

山核桃这种干果如同娇羞的大姑娘，平素躲在崇山峻岭之中轻易不肯示人，非要等到秋高气爽的时节，让人爬到那岿岿的山上高高的树上，一竿一竿地打下来，才露出芳容。可见，打山核桃，绝非易事。

凌晨五点，我们一行五人便早起上山了。晨光熹微，山风凉爽。曲曲弯弯的山路，像是农人的汗印。一行人背竿的背竿，驮干粮的驮干粮，吭哧吭哧，寻途登岘，约莫四十分钟才爬到山核桃林。

岳父母家的核桃林位于一面斜坡上，我的视野差不多得扭曲成四十五度，方能仰视那些绿荫浓密的乔木。岳父提了竿子，蹭蹭地爬到树上，身影霎时隐入茂密的树荫里，只剩沙沙的响动。

"啪！啪！啪！——"那竿子击鼓一样敲击在枝干上，又灵巧而准确地回落在枝丫上，极富节奏感的击打声在群山间回荡，如同一首悦耳的协奏曲，谁说农人不懂艺术的美？竿子和树枝跳着欢快的"交谊舞"，成片的山核桃应声而落，如同急雨落入水潭，撒在山坡上。妻子连忙让我把草帽戴好，说万一被山核桃砸到可不是好玩的。父亲撸起袖子跃跃欲试，岳父笑着让他拿过竿子，站在树下打那些低矮的枝条。只见他猴子一样上蹿下跳，抢起竿子就往树上胡乱地拍打："啪！啪！啪！"只是这声音是他自己配的，只闻其声，没见几颗核桃落下；一会他又喊"老爸在练武功嘞——"那个滑稽样把众人都逗得捧腹不已。

"你那姿势不对！"岳父憨笑着朝他扯嗓子喊。众人的目光聚焦到了岳父的身上，他开始边比画边传授秘籍。他说，正确的姿势，应是先用竿子中上部在树枝上轻轻一拍，利用竿头反弹的冲击力击打在果子上，这样既省力，也能最大程度减轻对树木的伤害，同时增加打落的山核桃的数量，一石三鸟。在顺序上，得把近处低处打完再打远处高处，切不可伤害嫩枝嫩叶。父亲连连点头，虚心承认打山核桃这活计还是很有门道的。我也由此开悟，山核桃树是自然的生灵、草木的菁华，这种科学的打竿方式，体现了对于自然的尊重，蕴含着农人的智慧。

岳母、妻子和我，就只能干些技术含量较低的活了——负责捡拾打下来的山核桃。打落的山核桃不少隐匿在残枝、落叶和乱石中，天青色的外壳也与草坡整体颜色接近，发现它们考验着人的眼力。一开始，我徒手去捡，不料很快手被染黑，据说要一周左右才能完全洗净。我只好乖乖地戴上了手套。山核桃本是大地之子，吸纳天地之精华、山川之灵秀，对外来的打扰是极其敏感的。当我将其中一颗握在手心，它还带着山林的温度，显得畏葸、娇羞。我把山核桃放到随身的编织袋里，它开始了脱离母树后的长眠。一颗，又一颗……空荡荡的袋子渐渐鼓囊起来，这些刚才还在树枝上摇曳生姿的小生灵，此刻显得极为安详。

　　突然，脚下一滑。原来，脚踩的是块悬石，吃不住我的脚力，顺着那坡度，就要把我的脚往下带。我整个人朝坡下滑去，手脚丝毫不听使唤。"呀！"家人们都转过头来，戆觫地顾望着我，空气紧张得像是要爆炸。好在我最终并没有滑到坡底，而是被中途的枯枝钩住了衣服，滑行才终于停了下来，人无大碍，只觉大腿根部隐隐作痛。不远处的坡坎上，有经验的岳父扎上了一层尼龙网——这是最后的保险，在兜住山核桃的同时，也可防人失足，但也只能稍稍减缓下落的冲击力而已。"你千万小心呀！"岳父在树上大声喊叫起来。"没事，我没事！"其实我明白，这对他们这样在山里讨生活的农人来说，本是稀松平常的事情。从报上时闻打山核桃的农人或雇工，从树上坠下、坡上滑下，摔成残疾甚或殒命的惨剧。山核桃，这种美食的获取时刻充满了危险性，搞不好就是带血的，或许这是大自然发出的警示，以提醒人们山泽之精华的珍贵。

　　山核桃的成熟，不知要经历多少风霜雨雪，它们似乎远比我们懂得生存的法则、生命的本真。与它们相比，人类有时候是愚顽的。我们为了口腹之欲而来，这种索取的欲望甚至不惜以生命为代价。在神性的大自然面前，我忽然觉得自己在缩小，缩小成了一条见饵忘钩的鱼。此刻，我已浑身是泥，有些狼狈。幸好手边的一袋山核桃已归入大袋，只剩下干瘪的袋口，仿佛一张朝我讪笑的嘴。我本能地两手撑地站了起来，继续开始我的捡拾。

　　漫山遍野的山核桃，仿佛是沙滩上的沙砾，岳父一把打下来的数量，便够我们捡的了。终于，又拾了整整一袋，有惊无险地将之汇总到大麻袋里。岳母说，她干一天，这样的大麻袋要捡上八袋，五百多斤！两周的透支劳作，只为赚得一年的口粮。我还有什么理由顾上伤痛呢？"挑沟里的去捡，那边多一些。"岳母指引着我，我才注意到沟壑里满是山核桃，一抓便是一把。

　　午饭自然是在山上解决的。岳父母早已准备了饭菜，放在铁罐里。岳父下了树，把竿子扔在一旁，在地上搭起个简易的灶坑，拾来柴禾，点起一堆灶火。炊烟随风拂过漫山的核桃林，染了种特殊的清香，类似樟木的味道。"或许，可以试着利用核桃壳，制成香料呢！"父亲脑洞大开。没有人能够回答他的问题，对于岳父母这样的农人来说，伺候好一亩三分地的山核桃已非易事。事后请教了专业朋友，才知核桃青壳可以配置兰花植料，防止土壤板结，亦可驱虫。此刻，岳父已端上了热腾腾的饭菜，众人席地围坐，狼吞虎咽，三两口饭菜就下了肚。劳作后的片刻憩息，竟如此宝贵，仿佛饭菜也美味许多。聪明的岳父见我睡意蒙眬，便用纱网为我做了垫子，我聊以枕着树枝小睡一会。秋阳照着我的身子，暖酥酥的。

　　下午的活儿明显加快，因那大块的区域已捡拾完毕。妻子告诉我说，岳母再负责最后检查一遍便可以收工了。众人渐渐从各自的岗位上凑拢过来，将一袋袋山核桃汇集在一起，整整有九大袋。那些山核桃相互依偎，仿佛熟睡的婴孩，芳馨的香气萦绕鼻尖。经过农人带温度的手，小小的山核桃变得温润可爱。岳母继续一路捡拾，她的脊背弯成一轮弯月，仿佛是向大地的鞠躬，表达着深深的敬意和谢意。毕了，她双手合十，对着那棵高大的核桃树王，虔诚地作了个揖。"落其实者思其树，饮其流者怀其源"这样的道理，岳母说不出来，但是她懂。对天地山泽心存敬畏，它们才会平等地回馈人类。法天则地，是亘古不变的真理。

我们在山上的最后一道工序，便是为山核桃进行脱壳。脱脯机就在山上，是岳父一早用"爬山虎"（一种电推车）运来的。将满袋的山核桃倒进喇叭口里，脱脯机便隆隆地运作起来。机械怪兽开始吞噬这些生灵，精准地划清自然与世俗的界限。从出口吐出来的脱了壳的山核桃，便是我们平时看到的模样了；而那些青壳，从另一侧的口子汹涌而出。岳父让我拿了锄头，将青壳从机器下方扒离，这些山核桃的"青色外套"很快变成了咖啡色。这种神奇的改变兆示着生命的演化，标志着山核桃离开大自然的襁褓，以社会产物的身份继续生存。

汗涔涔的岳父将三满袋去壳山核桃装上"爬山虎"，领着我们踏上归途。推车下山的路尽管崎岖难行，但丰收的欢愉挂在他的脸上，他的双腿噔噔噔走得格外稳健、格外有劲。夕阳在山脊上一点点收起光焰，但我们却越走心里越敞亮。

回到家，天已擦黑。经过岳父的过水筛选，撇去浮在水面的坏籽，那三大袋山核桃竟只剩下三小筐。五个人一整天的劳作成果，不过是三两吃货一日之食。过水筛选的山核桃籽料，还需要经过晾晒、选料、蒸煮、脱湿、开缝、分筛、烘干、入味等多道工序，才能最终出现在市场上，成为美味的零食。这其中所耗人力之艰，不知凡几。"谁知盘中果，粒粒皆辛苦。山核桃价格这么贵，不是没有道理，也是对劳动的尊重啊！"妻子感慨道。近年来，随着病虫害增多、土地板结，临安山核桃林逐渐萎缩，山核桃产量早已不复当年。随着年轻世代走出农村，老一辈农人逐渐衰老，新的山核桃林已逐渐乏人种植。有几人愿意接续这份辛苦的农活？我不免为之心忧。

但至少，对自然的虔敬，应当成为我们从不背弃的生态信仰。保持敬畏、心怀诚明，人生才能如一颗颗圆润的山核桃，释放出美妙的香味。

岳父大人的土法叫花鸡

　　说起"苏州三鸡"（叫花鸡、西瓜童鸡、早红桔酪鸡），最负盛名的当属叫花鸡了。

　　这道美食本是江苏常熟的特产。传说乾隆皇帝下江南时不幸落拓荒野，碰上了个小叫花子给了只烤熟的鸡。乾隆饥肠辘辘，一尝顿觉异香扑鼻、唇齿留香，等他回了宫中方知此人间美味为"叫花鸡"。这香鸡的正宗做法，是要选用"黄嘴、黄毛、黄脚"的虞山"三黄鸡"来做的，包上荷叶，煨得酥烂，出锅的香鸡口感油而不腻。曾经吃过一次，烤箱烤的，不得劲，没留下太多印象。

　　这次回临安岳父家，本来对吃的没有什么特别要求，只是抱着"靠山吃山，靠水吃水"的简单想法而已。没想到他做了精心准备，说是要给我尝尝土法做的叫花鸡。真个是应了那句俗语"新女婿上门，老母鸡断魂"，搞得我不胜惶恐。

　　食材是首先需要采备的。虽然没有经典版本的"三黄鸡"，却也有山里的竹园土鸡。岳父光着膀子，把鸡肚子剖洗干净，填上辣椒、花椒、老姜、茴香、葱花、食盐，腌上两三小时。烤前，再往鸡肚子里抹上一层香油，将鸡翅鸡腿往剖开的肚子里塞紧。说起这抹油，是颇有讲究的。他道，刚开始不知道，净往外边抹，谁知道烧出来的鸡外焦里生。后来琢磨出来，得抹在鸡肚里面，且抹得恰到好处。"学霸"妻子在一旁分析道，油的比热较小，热得快，因而适合放在鸡肚里不容易熟的地方。我这才领悟过来。

包裹鸡身的荷叶是应季的，从池塘里新鲜采了来，洗干净了用整张叶子把鸡包上，外头再裹上一层锡箔纸。这一切摆弄停当，岳父又拿了一口大铁锅，往里边添了一堆柴禾。这柴禾是早些日子从山里砍伐下来风干了的，容易引火。我像看热闹似的，见他又搬来一堆黄泥，舀了一勺山泉水浇在中央，用手细细搅和。"水加得多了糊时容易碰破，加得少了又糊不起来，还是很难控制的。"他一语点破门道。这般精准拿捏的手法，倒有些类似太极神意悠然的套路。

接下来他开始糊泥，见他掏鸟窝似的抓起黄泥，整把整把地往鸡包裹上糊，像是塑泥菩萨。刚开始，那泥不听话似的，刚糊上就塌了一块，显然是水分加得过多了些。不得已，他只得把糊好的泥重新扒下，再糊一遍。在一旁观看的妻子忍俊不禁，掏出手机拍了段视频，传到抖音上，短短几分钟便已收获好多个赞！

糊好了鸡，该那口大铁锅出力了。层层柴禾中间，上头铺上一层松针、木片，拿火柴一点，那火便蹭蹭地着了。等柴禾烧成炭火时，拿火钳把已做成一团橄榄形泥球的叫花鸡搁到炭火中间。那湿泥遇到高温，迅速窜升出一团一团白色水汽来，泥球渐渐被烤成了一枚硕大的"坚果"。

岳父点上一根烟，指着火口让我帮衬着扇扇风，别叫那明火熄了。于是，我操起一把蒲扇，对着铁锅左右开弓。青烟袅袅升腾，梦幻般缠檐绕梁，竟让人生出陶渊明"晨兴理荒秽，带月荷锄归"的闲适田园观感。岳父是个典型的农人，因长期在野外劳作，肤若核桃壳，脸呈古铜色。他早年做过木匠、挖过钨矿。矿场因生态保护之需关停后，他在村主任开办的一家户外拓展机构谋得一职，时常为上山拓展训练的客户、参加夏令营的师生们做叫花鸡，有一次他和几个工友一口气竟做了50只之多。吃过的人都说，这种山里的美食素净鲜美、齿颊生香，堪比凤髓龙肝。如今，临安山核桃林日渐萎缩、荒芜，年老者无力打理，年轻人无心打理，百年祖业夕阳西下，传统手艺濒临失传；像他这般还能守得住、传得下一门古法手艺，也算得是有情怀之人了。

　　说实话，这种原生态的叫花鸡做法，我是头回亲眼所见。在熊熊烈火中，美食分明被注入了人的智慧，逐渐淬炼出菁华，升华为一件艺术品。山风徐来，松涛作浪，这种充满仪式感的等待，本身就是一种极致的美味。正在畅想间，那弥漫的烟味熏得我不住地呛，忙又开始扇风。

　　约莫一小时的煨烤后，叫花鸡终于出炉。敲泥，剥叶，净体，烤熟的叫花鸡活像破壳而出的鸡仔，橙黄泛金，异香勾鼻，简直是宫廷珍馐尚逊三分，海味山珍不过尔尔。热气腾腾的一锅端到桌上，一桌人个个两眼放光，味蕾已不能自持。一双双筷子顿时争先恐后此起彼伏，拨开鸡胸，但见五色香料绚烂若虹，叫花鸡通体散发出来的香味越益浓烈，直入肺腑。一口鸡肉嚼下去，外酥里嫩，仿若坐云行舟一般翩然欲仙。这个撕腿，那个夹肉，不消三五分钟，那满满一瓦罐的叫花鸡便已被众人分抢一空了。岳父咧开了嘴，笑开了颜，仿佛这是他人生最快乐的时光。"鼓腹而歌，以乐其生。"这种美味佳肴叫人此生难忘！农家的土味，远非城市里的油腻饮食可比。

　　人类探索美食之路从不曾停歇，从石器时代茹毛饮血、采集浆果，到商汤伊尹制定"三材五味"，论述五味烹调之法，再到当代八大菜系，乃至十三香小龙虾、炭火烤肉等风靡一时，老百姓对食物的加工烹饪必是讲究又讲究。《礼记·内则》记载："凡食齐视春时，羹齐视夏时，酱齐视秋时，饮齐视冬时。"把食物的特性比作四时季节的温度和气候。可人心思变，欲壑难填。有了食材与火，又要七七八八的厨具；有了厨具，又需要三三两两的灶具；有了灶具，又需要一正二方的厨房——几无穷尽。超市里烹饪器具目迷五色，调味佐料五花八门，而世人却常常忽略了，烹饪美食可以简单到只需食材、柴禾、荷叶足矣，不简单的只是烹饪的技艺。活着的快乐，大抵只需要简单的物质就够了，剩下的就是交给人的选择和体验了。

　　做叫花鸡，做的就是自在、自娱、自足。泉水的洗濯，泥土的包裹，柴火的熏烤，就像这个宁静的小山村，抑或说，就像我的岳父一样。人不需要多么引人注目，不需要太多的掌声喝彩，只需要守一方山水、承一门手艺，便是一种大自在。

家乡至味"镬拉头"

如果你是异乡人，走在我老家绍兴新昌的街头巷尾，随处可见的是一缕烟火，随处可闻的是一路奇香。香味是乡下老灶头才有的那种，似乎源自你没有品尝过的什么美食，让你垂涎欲滴。

凑近了看去，你会发现，简简单单的一口锅，架在哔剥作响的火炉上，炭火烧得正旺。大师傅用刷子蘸了一团湿面粉，随手往锅面上刷去；突然练太极似的，抄起锅子顺时针翻飞，撩起层层香雾，一张圆圆薄薄的面饼神奇地摊成了。继而又浇上一层鸡蛋液，由面饼中央往四周抹匀，在炭火的烘烤下，泛起柠檬黄。大师傅的另一只手伸向边上的大菜碗，抓起一把豆芽、豆干、花生米，连同葱花、小蒜、椒末一起撒上。铲子一铲，头上一裹，便顺手递上："两块钞票，走着!"

新昌人管这种街头美食叫"镬拉头"。"镬"字读"huo"，新昌土话，指的就是锅子。相传，清末新昌乡下有两个穷书生到城里读书，未料带的盘缠不够，不几日就花得只剩几枚铜钱，难以支应读书的赀资。于是，其中一个书生心生一计，就在路边摆了一个小吃摊，借了几张条凳、一张方桌，架起一口锅摊面饼，又买来几斤榨面和蔬菜，将南瓜和萝卜切成丝合着榨面炒熟了，用面饼卷起来出售，还取了个新奇的名字"镬拉头"。城里人没吃过这种小吃，况且价钱又便宜，于是书生的生意大火，镬拉头由此流传开来，成了新昌的一款名小吃。关于镬拉头的由来的民间传说，想必是契合新昌人的文化性格的，在他们祖辈的血脉里，就有亦文亦商的传统基因。

一口锅支起，香飘盈街，炉火把人烤得满脸通红。做镬拉头的师傅不分时辰，只要给上两块钱，随时可以给顾客做。镬拉头摊儿又四处可见，逛到哪儿都饿不着。镬拉头原料便宜，做法省力，一口下去却又齿颊生香，经久难忘。镬拉头师傅都是本地人，说得一口地道的新昌土话；客人来了，可以边站着嚼镬拉头，边和他们"搭摊头"（聊天）。他们把一生都搁在摊上，用心展示着烹饪技艺。天南地北闯过的码头，五湖四海搜到的奇闻，炒成脆香的小故事，一股脑儿卷在镬拉头的馅料里。他们把酸甜苦辣递送到你的味蕾上，你吃下一口，便是品尝了五味的人生。他们是在做美食吗？不，他们是在呈现生活的艺术。

做镬拉头，油须用本地榨的菜籽油，面粉得是高筋面粉。至于菜蔬，得用新鲜炒制的，绝不用隔夜菜。镬拉头和春饼不同。在新昌，春饼正宗的吃法，得加油饺、油豆腐；但镬拉头不在意菜蔬搭配，随你喜好加上配菜，就可以享用。我喜爱吃豆腐，每次回新昌过年吃火锅，都喜欢专挑豆腐吃。祖母亲手做的镬拉头，加了老豆腐，配上豆芽菜，抹上豆瓣酱，更有别样的滋味：古法炮制，却又不失新鲜感。一年未曾回乡，老锅还是熟悉的味道。火烟从大灶头袅袅升起，刚起锅的镬拉头热腾腾香喷喷。黏搭搭一团面粉，摊出团圆，裹入亲情，满肠满肚都是温馨。祖母每回都做几张镬拉头放在桌上，叫我多裹上几个，一定要吃饱。至于给父亲卷的镬拉头，她会多加些辣酱——她知道，他在重庆读过书，嗜辣。

祖父故世后，祖母一个人独自过了十三年。时间已经记录不了她守过的寂寞牵出的思念了。大半辈子在产房里接生了两代人的她，渐渐学会了祖父生前的手艺，腌菜、做镬拉头，把她的生活艺术延续到自己的母爱中，把两个人对家的寄托糅在一个人的深情里。她柔软的心是镬拉头的配菜和调料，她懂得每个小辈的口味和脾性。

　　说起来，我和镬拉头是有缘分的。小时候住在山上，邻居有个老妇人，五十多岁的光景，是靠卖镬拉头讨生活的。那天，她收了工挑着担子回山，正赶上野了一天的我从半山腰上俯冲下来，迎面把她碰了个跟头。那一担子铁锅、面粉、蔬菜散落一地。我也摔倒在路边的石头上，磕破膝盖皮，渗出殷红的鲜血。我"哇"的一声哭了出来，哭得震天动地，像丢了魂似的。我怕她会愠怒，而她爬起身来，毫无怨言；反倒见我可怜相，从一个塑料袋里哆哆嗦嗦地拿出一个卖剩下的镬拉头，递给我。肚子正饿的我接过来便猛啃，似乎这卷面饼能治愈我的膝伤似的。我吃得似乎忘记了味道，把泪水也当作调料咽了下去。油炸的焦香，从嚼动的唇齿间悠悠弥散。她关切地问我有没有受伤，我没有回应，眼睛却紧盯着膝盖的破溃处，哭得更大声了。透过泪眼，我矇眬看见她憔悴的面容、紧蹙的眉毛。她像一张镬拉头的面皮，把我轻轻地抱了起来，裹起了我的愚顽和任性。随后，她指着远处的新昌大桥说："小宝，孃孃就在桥对岸摊这个。你喜欢吃，下次来看孃孃，孃孃还给你摊。"

　　我永远记得这两句话。仿佛她的话里有香气，这是她的包容。及至年长我得知，她嫁了两任丈夫，结果一个下溪里电鱼触电死了，一个得了癌症去世了。村里人都说她克夫，没那个福气享受天伦之乐，只能以卖镬拉头为生。命运像刀子插在她佝偻的脊背，闲话像飞沙刮磨着她的身心。她卖了一生的镬拉头，拉扯了两个孩子长大，青丝变成了白发。她每天早出晚归，染一身油烟味回家，用三两个小钱撑起一个残缺的家。一勺油，烹饪了人生的百味；一口锅，做出了恒久的香醇。

从此，我爱上了镬拉头的味道，每次吃镬拉头都会想起她——这个可怜的女人，和我只有一个跟头交集的"嬢嬢"。我自忖，她的包容像一座城那么大。

新昌人会吃，不尝新鲜的奇珍，而是在平凡的菜肴里，吃出不平凡的味道。他们不爱胡吃海喝、大快朵颐，也不爱山珍海味、玉盘珍馐，就爱镬拉头、榨面、小京生这些不怎么起眼的土产食物。他们的眼界不高，愿意守着一方水土，过现世的安稳日子。他们质朴淳厚，却又内心丰盈，一如那镬拉头。

如今，我的脚步走远了，走出了莽莽大山，延伸到都市，延伸到摩天接云的写字楼。可我的视野还是那么专注，专注到只要看到家乡的人和事就满足了。

一口镬拉头的味道，是家乡的味道。

人间真味枕头馍

如果说，生命中有一种味道可以终生铭记，兴许是一种恰到好处的香甜。不那么腻，不那么黏，刚到嘴里就化了的感觉。

在亚洲学堂上完春季课，照例是我们的大先生、著名作家黄亚洲请所有学员吃午饭。食堂的饭菜是他精心挑选的，据我观察，每次都有汤圆——可想而知他是偏爱甜糯的。之前的菜式大同小异，只是这回倒有了些不一样的变化：餐桌中间众星拱月般摆着一只巨型而白胖的枕头状"馒头"，这憨厚的家伙悠闲地坐卧云水，浑不知自己大限将至。

众人停箸，面面相觑，似乎都从未见过如此大型的吃食。我更是讶异：莫非是老师为我们特意准备的"镇馆宝器"？

安徽籍学员胡晓莉捧着一袋糊状面粉从后边走过，早已笑得前仰后合了。她为大伙揭开了谜底：那"大枕头"原是阜阳的特色小吃——枕头馍。

经她介绍，这枕头馍的来头还真不小。早在南宋时期，抗金将领刘锜衔命守卫顺昌，城中缺少粮食，整日为此忧虑不已。一日夜晚巡城，眼见一名兵士闷着头啃着一块枕头样的东西，便好奇地上前询问。那兵士战战兢兢地把"枕头"奉上，刘锜打着灯笼一照，原来是一块枕头形的大馍。他便随手掰下一小块品尝，这玩意竟然异常香甜软糯、口感舒爽。原来，那馍是兵士父亲临行前让他捎带的，困时当枕，饿时当粮，不想刚好派上用场。刘琦大喜过望，下达了全军蒸枕头馍的命令。老百姓听说后，争着割麦，抢着蒸馍，终使饱食的全军将士士气大振，取得了抗金战事的大捷。

听闻这枕头馍如此不简单，还立下过赫赫战功的传奇故事，众人食欲大振，狼吞虎咽分而食之。我也夹了一块品尝，只觉入口绵软回甘、柔筋甜糯，似有一种电流过身的感觉，从头皮直酥到脚后跟。许是听课既久、饥肠辘辘的缘故，更觉几分香甜。听胡晓莉说，这枕头馍制作工艺极为特殊，需选用精细白面加水做成面团，以特制的铁棍压扁后撒上干面粉；再用手细细揉搓百遍至枕头状，以增加其柔韧性。最后，放入大铁锅以文火蒸至金黄色，这样出锅的枕头馍才会熟而不焦、甜而不腻。

阜阳人做枕头馍，做的是讲究，品的是真味。经过面点师技艺精湛的加工制作，寻常不过的面粉神奇地变身舌尖上的艺术品。它是那样的精工细作，上百遍的揉捏，不厌其烦、不落窠臼，差一道工艺便差一分口感。要是当初那个宋兵的老爸图个省心，少了爱子怜子的情怀、匠心独具的创意乃至追求极致的制作，这世上恐怕便少了这独一味的美食。

"民以食为天"，中国人自古以来讲究吃。孔子曾说："食不厌精，脍不厌细。"发展至今，更有八大菜系闻名中外，创美食、做美食、品美食已然成了中国人生活艺术的一部分。这或许也是《舌尖上的中国》如此大火的缘由了。

但现如今，垃圾食品、快餐经济正在频频光顾我们的胃，一家人围炉而坐品尝美食、享受人生片刻欢愉的情形愈发稀少。更多的是呼朋唤友、推杯换盏，把满足口腹的饮食烹成言不由衷的客套、烩成易欠难还的人情。

以前听家中老人说起过"珍珠翡翠白玉汤"的故事。传说明太祖朱元璋幼年时出门乞讨，在街头饿昏，被一位老婆婆带回家中。那老婆婆熬了一锅菜汤喂他喝下，朱元璋顿觉香风飒来、神清气爽，感激之余连呼神汤，并得知此汤唤作"珍珠翡翠白玉汤"。等他当上皇帝，食遍山珍海味而不知其味，念及当年的这碗汤来，找人一问才知是再普通不过的豆腐和菠菜做的。若是没有那儿时破衣烂衫的乞行，朱皇帝必定是邂逅不了这人间最朴实的真味的；这样的乡土美食不是钟鸣鼎食、闲适安然的宫廷可以遇见的。

生活的真味，往往是在天涯沦落、人生煎熬中品尝出来的。正像激发明朝万历隐士洪应明写出《菜根谭》的那句名言"咬得菜根，百事可做"，安贫乐道，糠菜的营养价值也胜过珍馐美馔；人若耽于安乐，人间美味也不见得能带来超凡体验，更不可能在记忆深处传来回响。这或许就是作为高贵动物的人的"卑贱"之处。在我看来，这"卑贱"也是文明基因图谱中值得遗传的一种高贵。

或富或贫，或贵或贱，其实也没那么重要。"稻草堆里有欢乐，席梦思上有烦恼"，端看你自己怎么个活法。世人总害怕改变所带来的风险，陷入斯科特·派克所说的慵懒的原罪。殊不知，生活本身有一种软糯香甜，不管你贫富贵贱，它就在那里。就像枕头馍的真味，须经百遍揉搓方可析出，生活的真味同样须经受各种锤炼方显纯粹。这意味着需要我们打破思维定式，无论处贫享富、出仕入相，都能宠辱不惊、去留无意，始终保持谦卑、淡定、纯粹、通达的生活态度，始能品得生活的真味。有些人竹杖芒鞋，羁旅天涯，坐看云卷云舒花开花落；有些人采菊东篱，种豆南山，隐于田园阡陌陋巷草舍——他们，最终成了千古流芳的名士，登上史书典籍的册页。

不是我们没有能力打破惯性思维，只是没有这个勇气。自以为是的人养尊处优、得过且过，却还抱怨人生无味。而抱怨，恰恰是最不需要勇气的。所以，尽情地抱怨，管他怨声如潮。这是一种悲哀。

枕头馍那样的美味，真不是一般人能够品味得到的。

正在若有所思时，一大盘白白胖胖的"枕头馍"已被学员们分而食之。

诗人黄亚洲笑说："这只馍，是老祖宗留给我们的文化大餐，学员们好好品味、慢慢消化啊！"

我的漫画经历

　　小时候骑着小自行车去牙科矫正一颗龅牙，跟着母亲路过报刊亭，见一红红绿绿的杂志显眼夺目，便缠着母亲不放："我想要，我想要!"

　　母亲一看那杂志名《幽默大师》，心想我这孩子老实巴交的，倒也应该补补幽默细胞，可她偏不轻易顺了我的意，而是开出了价码——拔一颗牙，便给我买一本。我心想这"买卖"有些吃亏，可实在是想买上这么一本揣在怀里以满足我那破土而出的好奇心，便二话不说地应承了下来。

　　上了手术椅，寒光凛凛的钳子便入了我的口腔动作起来，那瞬间仿若剽悍的日耳曼古战士的哒哒铁蹄侵门踏户，似乎拔地而起的牙床撕裂着我的小心脏。小不忍则乱大谋，为了用一颗牙换取一本《幽默大师》，我咬牙忍了!

　　终于下了"杀猪案"，我也如愿以偿地入手了一本心仪已久的《幽默大师》。

　　翻开红红绿绿的封面，一幅搞笑夸张的漫画《漫画火拼秀》入了我的眼帘。作者署名"猫小乐"，这么可爱的一名儿。我见他运笔极为夸张，却又不失幽默，简单的故事里就把人给逗乐了。

"追星好不好?"

"追星可以开发潜能!"

"F4,给我签名!"

旁边画了一姑娘,备注:90公斤,速度:128米/分。

这幅漫画甚是有趣,瞬间就圈了我这么一粉。现在明星的粉丝大多都是食物一族,像是李宇春的"玉米"、胡歌的"胡椒粉",放在我小时候,那可不得叫"猫粮"啊!于是我"奋起直追",拔完了四颗牙还嫌不够,恨不得所有的牙齿都让医生拔了去换那《幽默大师》,就算是火焰山滚上一滚,五指山压上一压,再砭人肌骨也全然不顾了。好在母亲大人甚是开明,每次在我去牙科进行后续矫正后都给我买上一本。我基本上都是为了看猫小乐的漫画,乐此不疲。

那时候,学校电脑课刚开始教学 Photoshop 和 Flash,时不时还放些流氓兔、小破孩和大话三国之类的 flash,那些视频各种"无厘头",谁不会说上几句"东北人都是活雷锋""好!果然是同道中人"啊。见惯了电视里一本正经的动画片,这种席卷校园的无厘头 Flash 简直是平地刮起的一股旋风,"吱呀"一声给我这样的小屁孩打开了一扇全新的动漫大门,不信你放眼去看、放耳去听——女孩子们早早就在铅笔盒和书包上贴满了花花绿绿的流氓兔贴纸,男孩子们没事就将一把胡须自称"关羽曰,云云"。好吧我坦白从宽,我学 PS 和 Flash 学得是吊儿郎当,却总是要抽时间上百度"猫小乐"看那些好玩的漫画。这些动漫、漫画是沐浴着新世纪的春风野蛮生长啊。猫小乐用那种极夸张的漫画语言描绘出世相百态,我如同"老鼠掉进米缸里"一般享受。一次,在老师上课上得正嗨的时候,我偷偷地在百度上看猫小乐的漫画,还一边偷偷地拿了纸笔去临摹;谁料自己玩嗨了没注意,被老师逮个正着，我便谎称在画 Flash 草图。可谁知老师抽过纸来一看：一个大脸妹！

于是很不幸，我被课后留下来单独补课了。

不过，我对漫画的兴趣却是与日俱增。父亲因势利导，请了已退休的杭州著名漫画家赵锡南先生来教我画漫画。赵老师的住处离我家甚远，父亲骑着自行车载着我得穿过半个城市。第一次照面，我便觉得他很有喜感，慈祥得像是山脊上的夕阳，有种说不出来的温暖。他让我翻看了他的漫画图册，其中有一幅吸引了我。

这是一个会议场景，主席台上的领导正在手舞足蹈地发表长篇讲话，台下的听众却齐刷刷地伸长了脖子、直勾勾地盯着领导背后墙上的一面时钟。万千目光汇成一句话："思想集钟。"多么具有讽刺意味的幽默感，毕竟出自名家手笔，一画可观天下，一笑而知行止。

"你来，随便画几笔。"赵老师和气地对我说。

我想起我画过的猫小乐的漫画，就拿起桌上的一支铅笔，漫不经心地涂鸦起来。可是没想到我脱离了原画，竟然画得自己想哭。

"你心气有些浮躁，想画好漫画，得打好基本功。"

没办法，自己画得连自己都看不下去，底气不足可不还得听赵老师的话啊！

我便依着他的要求，每周到他家一次学习素描技法。按照赵老师的说法，素描才是一切绘画的基础。他开始一笔一画地教授我素描的基本技法：选角度、切大形、涂阴暗色……刚开始画的是几何体，之后是静物——水果、盘子，最后便开始画些石膏头像——高老头、断臂维纳斯，还有巴尔扎克。赵老师的要求十分严格，可那时我仍然是小孩秉性，总是屁股坐不住凳子，寻思着课间休息时去玩他孙子的电脑游戏，魂斗罗、暴力摩托、大富翁……

为此，赵老师就想到了一个办法。

他让我在每画完一幅画之后，都在名字下面写清楚用时多少，他自己掐着表亲自给我计时，要求我画得又快又好。这我就没办法了，老老实实画呗。

"三个小时完成。"

"两个小时二十分完成。"

"两个小时十六分完成。"

……

不过还真别说，经他这么一调教，这素描的技能进步神速，渐渐也能自己脱离模子创作一些东西了——尽管笔法还是有些生涩。

这以后，我尝试自己画几幅宠物小精灵的素描画，竟然也能画个八九不离十。然后，我又尝试画几个猫小乐的动漫人物，还真是有点"神来之笔"的感觉了。

赵老师不愧为漫画界的大匠，他可以在画室待上一天，笔不离手画不停笔。他的画室里挂满了画，不知浸透了他多少的心血。以前看张国立主持的《非凡匠心》，有一句话说得好：无论世界多么嘈杂，匠人的内心始终是安静的。"甘瓜抱苦蒂，美枣生荆棘。"赵老师在画斋躬耕数十春秋，守住静心，用他手中的那支画笔绘就了丹青。他笔下功力深厚的漫画是真正积淀了几十年的艺术——曾经为各大报刊杂志画了一辈子，可他还当自己什么都不会，悉心研习各种绘画技法。

或许漫画本就是一种不羁的艺术，可是再天马行空的艺术，也是需要学养积淀的，没有一步登天的事情。脱离了绘画基本功底的漫画艺术，就是无源之水、无本之木。

如果说是猫小乐把我领入漫画之门的话，那么赵锡南是真正为我打下绘画基础的恩师。如今，我已甚少见着华君武、丁聪、方成那样的前辈漫画大家用心用情奉献的经典漫画，以及辛辣讽刺、机智幽默，让人笑中有泪的漫画佳作了。前段时间，受朋友之邀参加动漫节，满眼尽是长腿林立的 showgirl，灯光彩带似花枝招展的站街女抛着媚眼。说实话，我挤都挤不进那密密匝匝熙熙攘攘的人群；可当我透过人缝看到那些扮相怪异的动漫人物，我就知道我看不到我想要看到的艺术了。

这还是我所熟悉的动漫，是我熟悉的漫画么？

如果说艺术需要靠华丽包装来吸引眼球，那么艺术还能称作是艺术么？买椟本来是不该还珠的，这椟虽金碧辉煌，"桂椒珠玉"嵌着，却实在是一捅就破，买了去就报废了。这本该花在珠子上的心思都花在椟上了，珠子也会变得暗淡无光，也叫人实在买不下手啊！好珠需要孕育，好漫画需要生活积淀，我可不想做什么"楚人"。

如今这时代是越来越浮躁了。为什么国产动漫始终走不出去？个中原因值得我们深长思之。少一些装点门面烂大街的东西，多一些像赵锡南老师那样脚踏实地、植根生活的艺术创作吧！好漫画往往能给人以"千年暗室，一灯即明"的艺术力量，这是需要下苦功、用长劲的。

钢笔下的永生

　　翻开斑驳老旧的抽屉，找到了十数张祖父十多年前寄来的泛黄的明信片。从 2001 年一直到 2003 年，每隔两个月他就会寄出一张。那时候他远在老家，而我在杭州上学，他用这样的一种方式带给我他的思念，鼓励我学业精进。

　　明信片正面印的是老家的风光，有天姥山的绿海碧林，有穿岩十九峰的奇峰峻峦，有天烛湖的碧波荡漾，也有大佛寺的经声佛火。每一处地方都留下了我的童年足迹，也留下了祖父老去的身影。

　　他说，他要带我游遍家乡。

　　我还记得，那一年他带着 12 岁的我去七盘仙谷游玩。祖父曾经中过风，虽然大体痊愈，却始终腰腿不便、身形佝偻。入谷的道路蜿蜒曲折，两旁壁立千仞、猿啼鹤鸣。谷口吹来一阵阵料峭的山风，在山谷盘桓回旋，吹得他浑身哆嗦起来。

　　"爷爷，休息一会吧。"

　　"没事的，爷爷没事。"

　　他挺了挺身子骨，一边用手指指向高耸入云的山峰。

　　"你看那，那叫作丹霞地貌，新昌这边很多的，以后学地理的时候要记住啊！"我顺着他手指的方向望去，只见崖壁上是红褐色的岩层，一层一层若皴裂的皮肤。远处的山峰，奇形怪状，像是骆驼，又像是象鼻。

我从小没有见过如此瑰伟雄奇的山峰。

他拉着我的小手一路往山谷里走。

我们绕过了一潭湖水，一条缓缓的溪流从山谷深处流淌出来注入到湖里。潺潺的流水声仿佛一首动听的曲调。

"像不像《高山流水》？小时候磁带里给你放过的。"他一边说着，一边带我近前去看那湖。湖水是如此清澈，他的身影在湖中摇晃着，我的身影也摇晃着。

"那时候你很皮的，拿了个录音机到处去录声音，还自己讲故事、唱歌，还记得吧？"

"爷爷我记得。"

"磁带里我还跟你说，夏天不要赤脚，你总喜欢赤脚在家里跑，也不怕脏。"

"哈哈哈……"我笑着回应着，笑声在大山里回荡。

"你看湖里都是螺蛳，我们一起去摸过的。"他指指湖壁上，那里真的有许多螺蛳，一颗一颗地黏在壁上，带着些许湖泥。真的，当我在他的讲述下记起前尘往事的时候，青山仿佛也在静静地听着他的讲述。我将手伸到湖里去摸了一颗螺蛳，它很快牢牢地黏在我的手心，仿佛不愿起床，慵懒的样子。

这是我第一次尝到回忆童年时代的美好，又第一次亲手留下少年时代的美好记忆。

"孩子的童年很短暂，给他留下美好的记忆，等他长大了就是一笔宝贵的财富了。"当年，他曾经如此这般告诉我母亲，如今母亲告诉长大后的我。

就这样，我们游遍了新昌的每一处风景，走遍了唐诗之路上的古村落。万马渡、南岩寺、百丈岩、重阳宫……每一处景色都烙印在我心里，变成一个个永恒的符号。

没错的，童年的记忆是最宝贵的财富，没有人可以夺走；它总会在人生的每一个路口提醒你时刻不泯童心，不负年华不负卿。

我拿起其中一张明信片，翻到背后。邮戳还是当年的邮戳，笔迹还是当年的笔迹。我清晰地记得，那是祖父用派克笔蘸着英雄牌墨水写出来的字迹，当年的墨水味似乎余香犹存。他在明信片上写的，一般都是介绍家乡风景的一些话。而这张明信片上还有一个数学简化公式，是他用钢笔亲手抄下的，有一个大"a"和大"b"，圈起了一组算式，表示这两组算式可以看作一个整体分子，来简化计算。末了，还加上一句祝福语："祝小天学业有成。"

那会儿正是我刚读初中的时候，学校的数学课还在教授简单的加法交换律和结合律，以及一些代数之类的知识。祖父是一位初中数学老师，他总是督促我好好学习数学。当我进了城市以后，他还不忘时常邮寄些明信片，来教我一些公式的原理。我望着熟悉的明信片，上面仿佛还带着他掌心的温度。记得有一次做暑假作业，我实在是驽钝得解不来一道在他看来再简单不过的题目，他气愤地摔了尺子："这么简单都不会，你还能学什么！"吓得我一下子就躲进了桌子下面不敢出来。他似乎真是急了，一个人坐在藤椅上抽烟，一支接一支地，烟头堆积了一地。我以为他会就此生气不再教我，可就在第二天，他便愧疚地对我说，他的解法太过烦琐了，或许还有更简单的。

他带了我去寻访一位他退休前的同事，来辅导我。这位老师姓石，就住在同一个小区，也是一位数学老师。见了我，石老师很快便教授了我一种简便的算法，祖父坐在一边，摩挲着斑白的胡子，连连称道。

其实他总是这样，着急的时候表面上急，内心却又比谁都平静。

在我小时候，住的地方还是自建的老房子，有一座偌大的庭院。不管夏天日头怎么晒，老屋一楼始终是凉爽的。屋子后窗外边就是大山，时常带来山林晚风的清新气息。祖父的卧房本在二楼，他觉得一楼凉爽，因此总在中午时分抱着篾席和枕头下楼睡午觉，也总会叫我去一起睡。他把两床篾席铺到水泥地上，打开吊扇，那风叶转动声咕嘟咕嘟的，和着蝉鸣哼唱起了老调。那调子甚是规律，并不让人感觉影响睡眠，反而有种催眠的效果。那时候我很调皮，总是不肯好好睡觉。有一次，我想着逗弄熟睡的他，用狗尾巴草拨弄他的鼻孔，惹得他眉头一皱翻了个身，不久又鼾声如雷。我那时十分期待午睡后他亲手切西瓜给我吃的场景，只要轻轻开个小口，西瓜便"叭"的一声爆开，绿皮红瓤的，一口咬下，甜到心里。"小天，好吃！"祖父一边品着最小的那瓣瓜，一边把最大的那瓣递给了我。

祖父在，我的童年就在。我始终觉得，我的童年结束于2006年。这一年，因为突发脑溢血，他和我阴阳两隔了。

所有的祖父带给的美好时光都化作了我亲切的追忆。

我时常仍会梦到他的影子，梦到他和从前一样陪伴在我的身边。在我的梦里，我始终不会长大，他也始终不会变老。我始终是老屋里的那个少不更事的小孩，他也始终是那个白发苍苍的和蔼老者。其实，我是并不相信苏格拉底式的灵魂不灭学说的，可是直到现在，他真的仿佛没有离开过，还在笑眯眯地看着我。我开始觉得他说的是对的，如果一个人的童年没有留下些珍贵的东西，那么人生是不够完美的。但记忆可以回溯曾经的拥有，却无法弥补现实缺失的空白。所以，我格外珍惜光阴，努力创造自己的美好生活，为的是不让他在另一个世界失望。

如今，我没有什么可给他的了，唯有心香一瓣。

Chapter 05 | 养心禅悟

草木亦有人味在

不去想太多的事情，一个人静静地独坐在阳台上，看斜阳草色。

从网上买了红蔷薇幼枝，植下半个月，藤蔓就已攀援着墙角绿了一片，好似翡翠色窗帘，缀以玫红的花色。前些时日，绿叶边缘泛出了泥土黄，枝叶无精打采地耷拉下去，一度以为养不活了。三哥的妻子来访时瞧见，说多余枝叶得尽数剪去——她拿了剪刀嚓嚓地剪了一气，把枯枝残叶都堆在了花盆里。

她是有过蔷薇种植经验的。按她的说法，这花花草草越剪越是茂盛，残花、败叶、重叠枝都得刈除，可不能惯着，惯着就容易枯萎。

亏得是她动手剪了，如今那花开得是分外繁盛。

北阳台上，种了一株爬山虎。本是觉着阳台的水管露着难看，想让它沿着水管攀援到天花板上，这样至少有些自然的生气。据说，这种植物卷须上有种特殊的"吸盘"，能够像壁虎一样牢牢地抓住墙面，攀爬能力特别强。我特意去翻找了一下，愣是没找着"吸盘"在哪里——估摸着是隐藏起来不想让我这样的好奇之人看到吧，到时候对它动手动脚的。它也是要保护自己的。植物虽无腿脚眉眼，也是有灵性的啊！

这小家伙长得忒快，三两天已经有些指甲大小的小叶了；半月不到，就萌发出了一片灌木丛，美人扇似的覆住了阳台的墙垣。雨一下，长得格外起劲。墨绿色的叶片儿，边缘带着些锯条似的齿口，仿佛要把光和雨的万千丝缕给裁剪开，做成一件光鲜亮丽的衣服穿在身上。

　　当时满心喜悦，兴冲冲地把斜逸出来的枝叶沿着水管螺旋形绕了，用几根丝线轻缚在一起。只两三日，它们就像灵巧的猴儿似的，怀抱着水管层层攀援起来。可又过了一周有余，坏事了！翠嫩的叶片有些恹恹然起来，叶尖呈现了些许灰黑色，也几乎不再生长了。仔细一瞧，那茎上竟然长了芝麻大小、晶莹透亮的小"虫卵"！别说，这小不点还真是不容易被发现。

　　便立马去买了杀虫剂上下喷洒了一番，可过了一阵仍然不见好，"虫卵"反倒是越来越多了。

　　请了懂行的朋友前来"会诊"，方知那颗粒状的东西不是"虫卵"而是营养珠，是植物营养富集析出的分泌物，大多含磷、硼、锰等物质，属于藤蔓植物的正常生长现象罢了。她见爬山虎这侧背阴，问我平时阳光能晒多久。我说大热天的，不敢晒。她说那可不行，真正影响爬山虎生长的，其实是光照——它是喜阳植物，被我晾在北阳台，还是一处阴凉的墙角，时间一久，必然要出些"水土不服"的症状。

　　于是，连忙把这盆爬山虎移到朝东向阳的一侧。果然，这小生命真的现出"维叶萋萋，维叶莫莫"的生机了。

　　莳花弄草之事，本不是我的惯常，说起来也是近日才开始尝试。但看着自己亲手植下的小生命一天天长大，是有说不完的欣忭的。老子推崇"道法自然"，王阳明主张"此心光明万物生"。植物生长其实和为人为文的道理也是相通的。老舍、汪曾祺的文章之所以生命气息浓郁，也是这么个理。

说到汪曾祺，不能不提及他的扛鼎之作《人间草木》。他用极简的笔、极淡的墨写出了草木花卉、鸟兽虫鱼通灵的人味，写出了乡情民俗、凡人小事温润的乡土味，写出了世间万物的美好与灵动。他一生都对生活投入真情，那水洗般的文字有种洗涤世俗红尘的力量。一次，他在大青山挖到开着十三朵花的山丹丹，拿铁锹种在土台上。找隔壁老堡垒户看了看，说是山丹丹长一年开一朵花，十三朵花便是有十三年花龄了。他好奇地问能活么，老堡垒户回答说这东西皮实，能活。汪先生的散文向来平实而简静，像山丹丹一样自然本色，很难想象经历过十年动乱他还能保持这种人格上的质朴纯然。文如其人、人从其心。真正的大家，大抵是抱朴守拙、从容豁达、明媚纯净、闲看一切的，像一件质地干净无须雕琢的玉器。汪先生一定是有着一颗草木一样的素心的，安安静静地在为草木讲述着它们所不能言说的心情。

种植花木，为的是养心，本就不是附庸风雅之事，和交友一样，毋须刻意，看作是亲近自然的一种生活便好。李渔在《闲情偶寄》中写自己四海为家，所到之处，除荔枝、龙眼、佛手这类吴越之地无法种植的花果草木，其余几乎亲手植过。他观察有些植花的人，用温水浇灌草本植物的根，用硫磺"改良"土壤，为的是让花儿赶在花期之前开放。这样的花诚然能开得早开得艳，但命也短寿。所以，他提倡"任自然"，花儿开得再怎么荣盛繁茂，也不如留住它自然质朴的根。李渔的朴素艺术观渗透在他侍花弄草的日常中，也深刻烙印在他的文学艺术上，这是他的魅力所在。正如日本美术评论家冈仓天心所说，真正打动我们的，是艺术家的灵魂而非双手。

植物不若动物般聒噪，与文字一样，适合静静地侍弄。它枯萎的时候，我也跟着揪心；它成长的时候，我也跟着欢愉。它也在修炼着自己，在朝着生命最美好的方向生长着、攀缘着。它无须纠结与同类的攀比，无须求得光环的显耀，更无须期待掌声的赞美。它只须持续地吸收天地精华，把自己生命的潜能点点滴滴、完完全全地释放出来，一阕蝶恋花，一树满庭芳，那么即使归于萎谢凋零，也此生无憾了。人不也是么，只须根植大地、此心光明，孜孜矻矻埋头做着自己，终将会迎来生命怒放的日子。

周国平说，精神世界越是丰富的人，对物质的需求就越少。其实大多数时候，我们是更应该向植物学习的。

天地有茶自来饮

算起来，我向杭州一家图书馆里的茶道老师 Mrs. L 学习茶道，也有些时日了。

Mrs. L 从大学时期便从室友那苦学茶道，如今也自己教学生、带徒弟了。她时常穿着汉服，那仪态优雅得让人无法形容。其实，美到一定程度，就成了一种无言之美，正如朱光潜老先生推崇的那样。

我按照之前她所传授的那般，将茶旗、茶则、茶夹、茶壶、水盂等茶具摆至茶席上的相应位置。她笑着纠正我的一些错误，好在并不是太大的错误。其实，刚开始我是拿了一套深色釉茶具的，她耐心提示说不可，得用素雅的一套，要与那清雅的茶花、茶旗、灯光相配，切不可脱离主题。她告诉我说，茶席的布置有一定的法则，却又不可拘泥。广义上的茶席指整个屋子环境、布置，需要按照四季的时序、茶席主题来安排。一般来说，夏天宜主打清凉主题，用些青瓷杯盏，桌案上配些清雅的花木，像晨起的一朵牵牛花，或是带露的竹枝，都是极好的。花香切不可过浓，以免影响茶香的散发。冬日里茶席的布置宜温暖，摆些紫砂茶具，饮红茶、普洱最为适宜。好的茶席要配合主客的心情，适时而变化。

这真是一门顺应天时地利人和的艺术。

前段时间单位组织了茶道讲座，请来的老师是杭州素业茶院的茶道师。正值清明前夕，她带来了原产于温州永嘉一带的乌牛早。这种茶成熟得早，每年二月下旬长成，三月上旬即可采制。乌牛早叶型扁平直挺，紧致而气香，一杯茶泡下来，茶汤均匀淡雅、嫩绿鲜亮。老师为我们连着泡了几轮，自己却未顾得上喝上一口。

茶道师在展示茶艺时一直面带微笑，将微笑融于茶中。好像天地间有了微笑，在茶汤的素色中漾开，也一样可以"天子呼来不上船"。

我的这位老师，接触茶道技艺已逾五年，五年如一日，把一门茶艺修炼得炉火纯青了。

她说，品茶，其实品的是自己的内心。让自己的心静下来，顺应了内心的定力，才是真正的品茶。喝情绪茶，是要伤身体的。我被她那种微笑所深深感染，饮一口清茶，仿佛茶汤也带了一抹暖色。

舌头暖起来，胃暖起来，心情也暖起来了。

早在唐代，那时候的人饮茶，是要煎茶的。唐代的茶尚是饼茶，得用文火慢烤，等其松开，再以碾具研磨成齑粉。唐人李群玉云："碾成黄金粉，轻嫩如松花。"在饮用的时候更是诸般讲究，必以一口大锅煮水至沸腾，是为"第一沸"；放入花椒、食盐等调味品等"第二沸"；再投入茶末搅拌等"第三沸"后才可品饮。

那样吃茶，可是很有仪式感的。可真是要现在的人这么喝茶，许是一种痛苦。

所以农民出身的明太祖朱元璋大笔一挥：不要饼茶，给我制散茶！也不要七七八八的茶具和仪式了，占用社会民力干吗？

你说这是不是顺应了时代的变化？

真的该感谢朱元璋老兄，我不用再煮花椒盐茶了，那味道，我表示我的舌头老弟真的难以接受。

以前去余杭塘栖镇的丁山湖湿地，湖光山色就在眉眼间如一幅国画次第展开，真是叫人相忘于江湖。那团团雾岚蒸腾在湖面上，一叶小舟悠悠穿行，如墨笔在宣纸上扫过，画面唯美得让人无法呼吸。吃着塘栖枇杷，品着径山绿茶，望那水云之间曲曲折折、若隐若现的塘超小径，才真是觉到，林语堂笔下的"人生不过如此"究竟是怎样的感觉。

径山茶的嫩香，得配上余杭独特的水乡之美；你要真拿到办公室里去饮，档次就自降一品了。径山茶的茶香，丁山湖的湖水，轻泛的舟楫，流动的云彩，平和的心境，少了哪一样便少了品茶趣味。这是径山茶的魅力，也是径山茶顺应自然之品性。这平静如岚的丁山湖，就是一碗茶；那小舟是茶汤中的叶，翩翩然地，划动着我的舌苔，刺激着我的味蕾。

能不忘情于山水之间么？

我想起《浮生六记》中芸娘制茶的一段：

夏月荷花初开时，晚含而晓放，芸娘用小纱囊撮茶叶少许，置花心，明早取出，烹天然泉水泡之，香韵尤绝。

这蕴含着荷花甘露的茶，取天地之精的茶，岂非是对生命乃至万物的顺应？这是一种顺应，也是一种敬畏。

饮茶，是需要敬畏之心的，这种敬畏源自于对生活的理解、对生活的热爱。茶吸取天地精华而生，也需要品茶之人敬畏天地大道，体悟自然的本真。我忽然明白了 Mrs. L 的四季茶道、素业茶院老师微笑的含义，那是缘自对天地之序、主宾之序的顺应，缘自对自然之道、人文之道的敬畏。这是她们生活中的一部分，已经真真正正地，渗透到她们的血液、肌肤中去了啊！

无弦之琴

　　王维（字摩诘）一定是与琴为友的，不然断吟不出"独坐幽篁里，弹琴复长啸。深林人不知，明月来相照"的千古绝句。琴棋书画无一不精的，一众唐朝诗人中，也只有他了。

　　许是为听懂摩诘居士的琴声，我在微信公众号上报名参加了太音琴社的免费课程。

　　天空下着小雨，开了一城伞花，绿了一地草色。穿过熙来攘往的城市街道，就在一处古色古香的木门前，脚步像是识途般不觉停驻了下来。

　　"吱呀"一声，万千雨丝在门外化作一曲悠扬古雅的琴声，萦绕于耳。琴师小白正端坐在我的面前，他身着一袭青紫汉服，指尖轻弄雨丝千澜，弦上夏荷正开、涟漪初漾。

　　他示意我坐在他对面。我胸前正对着一把七弦老琴，带着清香的琴体宛若苍松崖柏欹侧、醉翁老仙低语。

　　"最早的琴其实是五弦的。传说伏羲制琴五弦，称'宫、商、角、徵、羽'，表'君、臣、民、事、物'之意，后文王增其一弦，武王又增一弦，故现在的琴皆为七弦琴。"他为我介绍着古琴的来历，我听得兴味盎然，只觉神清气爽，仿若伯牙子期的邂逅，高山流水遇知音。

小白说，琴体是有着通体灵性的，高的一头突起部分叫"岳山"，低处一头叫"龙龈"，琴弦束于岳山而终于龙龈，如伏龙卧凤，低回哕吟。岳山、龙龈不可过薄或过厚，太厚不利于传音，太薄则不利于保形。古琴面板之木宜用桐木或杉木，底板则宜用梓木。双色之木相嵌相合，仿佛水乳交融，阴中有阳；琴面为圆，琴底为方，好似天圆地方，阴阳相调。听着他的讲述，我顿悟，古琴真是一种精妙高雅的艺术品，不仅寓意了天地自然的调和，也演绎着古老的阴阳学说。

　　如此神奇的琴，我很想听上一曲。

　　于是小白提手弄弦，一曲《卧龙吟》流泻于指尖。他静心明思的模样，仿佛躬耕于南阳的诸葛先生，布衣蓝衫轻抿；又像是隐于终南山的王摩诘，山水烟雨作陪。左手划弦，弦音悠远空灵；右手拨弦，弦音澄澈清灵。左右手连续弹奏，和弦音层层叠叠，宛若丛林深深、云天淼淼，我的思绪已然在不知不觉中接天摩云。琴是乐器，也是漆器，上琴宜用漆树之天然漆做涂料，保持自然体化与艺术人文的结合。他告诉我，弹琴时切忌心存杂念，现在年轻人学琴总是求其速成，不注重韵律而落入俗尘窠臼。要弹得一手好琴需要韵律感，慢时如静水平波，快时如游龙惊鸿，弦走春秋生四季，弦止落花雨骤停。

　　他开始教我基本的右手指法。右手指法有抹、挑、勾、踢、打、摘六种——食指、中指、无名指拨弦分别称抹、勾、打；挑弦分别称挑、踢、摘。他示范了一首行云流水般的《江湖笑》，让我自己试一试。我饶有兴趣地将右手搭在琴上，模仿着他的指法弹奏了起来。几串简单的音符瞬间就在我的指尖荡漾了开来，似乎是远古传来的音律，应和着我的心灵。虽然我的动作尚不熟练，可是古琴自带的魅力还是深深地把我震撼到了。

他又弹起一曲《平沙落雁》，以泛音表现天空的悠远苍茫，又以滑弦音表现大雁的低回哀鸣。我恍惚见他的指尖飞起三两只雁，于茫茫秋水之上盘桓飞旋。夕阳正浓，云天正高，那领头的一只正护着同伴，飞向那沙山丘壑中；一抹淡淡的光晕，从它的尾翼由远及近、若隐若现地飘过来……

渐渐地，琴弦在他的指尖隐去；渐渐地，琴房在他的指尖隐去。

这个世界，只剩我和他的距离。

没有比琴声的距离更近的了，仿佛那声音的源头，是他低语的内心。

东晋名士陶渊明弹琴，弹的是一把无弦之琴。他好琴却不擅音律，常在写文之余，弹奏这把无弦之琴以自娱。有朋友来访，他取出无弦之琴演奏一番，众人皆不解。他却说："但识琴中趣，何劳弦上声？"

上琴无弦，弦自在心。若能自醉于山水之间，有陶渊明"采菊东篱下，悠然见南山"的心态，即使弹奏无弦之琴，也能破穿秋水，激荡江山，引来天地共鸣。无独有偶，传说大文豪苏东坡也有一把无弦之琴，以笔作弦，韵律横生。"若言琴上有琴声，放在匣中何不鸣？若言声在指头上，何不于君指上听？"

姜太公以无饵之钓竿垂钓，钓的是大智慧；陶渊明、苏东坡以无弦之琴弹奏，弹的也是大智慧。听着小白老师的曲子，世界已渺渺然隐去；烟波江上，平和的心态凫水而起。见过了名利场上太多的厮杀、太多的怨怼、太多的攻讦，备觉此音独清。几天前，杭州的一把无妄之火烧死了母子四人，自私、偏狭、贪婪、仇恨化作冲天烟火，搅得满城风雨，照见世道人心。明火易灭，心火难防。什么时候这个社会能够平静下来，将利益冲突抛诸脑后，弹一曲无弦之琴呢?

此时此际，我已是听得如痴如醉，仿佛天地已化作胸口的一团清气，吸一口是春秋，吐一口是大雅。琴室架上整齐的茶壶、茶盏、茶杯也成了听众，盛着满满的音乐，叮咚作响。

可以调素琴，阅金经。即使是身处陋室，那种天籁般的琴声也足以让人充实。原来，小白老师从小热爱中国传统文化，他曾经是一个普普通通的职员，但凭着对爱好的坚持、对艺术的追求，他真正找到了他的精神家园。我发自内心地敬重起小白老师来。

有弦之琴悦人，无弦之琴悦己。有弦之琴弹奏的是音乐，无弦之琴弹奏的是内心。

把无弦之琴弹好了，人生的许多事情也就看淡了、参透了。有弦无弦，要的其实只是一份内心的平和。

一曲终了，我似已听懂王摩诘的琴音。那是他内心的诗一般的声音。我知道，他始终保持着那一份独坐幽篁、独对明月的淡然，静静地弹奏着一把无弦之琴。

我的"琵琶行"

"琴瑟琵琶八大王，王王在上；魑魅魍魉四小鬼，鬼鬼犯边。"这是一副流传甚广的名联。琵琶，无疑是最中国范的民族弹拨乐器了。

日前，音乐学院科班出身的朋友小路邀请我去听她弹琵琶。她为一家艺术中心教授琵琶课程，至今已有好几个年头了。

走进流淌着民乐旋律的琴房，一个清纯的小女孩正在投入地弹着琵琶。她约莫十四五岁的年纪，琵琶的弹奏已是非常娴熟，只见她拢捻抹挑，恰如纺织着一匹丝滑娟秀的绫罗绸缎，乐声温润、柔和。

小路站在她的旁边，不时指导她的指法动作，几乎没有察觉我的到来。直到我出现在她的面前，她才如四五月初绽的杜鹃花般莞尔了。

她让小女孩休息一会，便轻盈地手持那梨子形的琵琶，弹起一曲古典的《春江花月夜》。左手按弦，右手拨弦，随着她的指尖轻灵的划动，我悠悠然被带入山泉过涧、珠落玉盘的意境。华灯初上，画舫连江，似水伊人在那江南对岸迁延顾盼，隔着星星点点的满江灯火传来绵绵情思。随着拨弦的转换，又仿佛柳丝拂面，绿绦弄髻，佳人的倩影清晰地出现在眼前，似乎只差一个清澈的眼神，就可以连接另一颗萌动的春心。曲调的节奏渐渐加快，渔歌四起，万千小舟就顺着那琴弦的水流，欸乃地摇到我的耳际。桨声、水声、人声、鱼跃声，让人在一江春水中陶冶出纯朴的真性情。

这首曲子被小路演绎得动人心弦，情意绵长的感觉完完全全让我沉醉了。

又弹起一首《卸甲》。这首表现西楚霸王项羽英雄末路的曲子，一出声就以一种雄浑悲壮的姿态出现在我面前，金戈在耳，刀戟列张。漫天黄沙铺天盖日地席卷而来，那项王一骑当前，率甲兵四出。曲调渐渐紧张而急促，霸王垓下酣战，鲜血洇染战袍，在寒风冷月中凛凛生辉。假指在琴弦上来回扰动，似飒飒卷帘西风，继又秋雁宛转哀鸣，泣出了霸王心头之血泪。虞兮虞兮奈若何，当似水伊人在回眸的那一瞬倒下，这位坚强的汉子心灯已灭，化作一缕历史的残烟。力拔山兮气盖世又如何，他给不了怀中美人一个花好月圆的承诺；而他自己，也最终湮灭在那滚滚乌江之畔，化作一座千年的坟茔。

据说琵琶曲分文曲和武曲，文曲柔情缠绵，武曲壮怀激烈。如果说《春江花月夜》可摘文曲之星，那么这首《卸甲》恰恰是得了武曲之魂的。

琵琶，这种充满张力的乐器早在秦朝就已出现，据说那头上的"珏"字本是指二玉相撞产生的清灵悦耳之音。唐元和十年，夜雨迷蒙，荻花萧瑟。一位翩翩白衣才子左迁九江，在那舟楫之上侧耳聆听，闻悠悠琵琶曲沿水流穿行，拨弹中有京都之音。那半掩遮面的女子，本是长安倡人，只因色衰年老委作商人之妇。才子遥想当年快马轻裘，披卷春风看尽长安繁花，却深陷政治漩涡，落得飘零凄苦，遂以那长句歌而和之。大弦嘈嘈如急雨，小弦切切如私语。一支曲子，照应一段起伏的人生。要是没有那饱含苦涩味的身世波折，又怎能有世间如此凄清美曲？或许，这也是上天应许的一种公平吧。

这一夜，她记住了他的名字：白乐天。

唐宋以降，琵琶已然成为宫廷雅乐的代表乐器。这流传千年的声音，是一个古老文明的另一种语言，在敦煌壁画的迦叶旁回响，在丝绸之路马队的鞍鞯上回旋，见证了民族大融合的滚滚浪潮，也融入了战乱与离散的天涯悲苦。二十四个品，十二个平均律，她古老悠远的泛音竟然在古今中外乐器中独居首位，不能不叹为乐器史上的一个奇迹。

这一刻，听着小路的弹奏，如一座金碧辉煌的宫廷就在我眼前铺陈。笙歌雅乐，如此真切，仿佛就在眼前；声色兼备，撩拨着我的眼眸耳鼓。在古代，一身贵气的琵琶实非人人听得。这片刻陶然的欢愉，不知需要多少歌女、乐师的配合，也不知需要多少真金白银的靡费。我在这一刻听着天籁般的演奏，心想实实在在占用了一个人力，便不禁有些惶惶然起来，那艺术创作的时间和心力投入太过珍贵。

作家周国平说，生命中的经历是最珍贵的财富。若不加珍惜，就会随着岁月而流失，如落入沧海的一粟，渺无影踪。

其实，这何尝不是一段短暂而美好的生命经历呢？纯净纯美的艺术享受，就像开启了一扇心灵之窗，那种清新的感觉值得珍惜。只有对这种精神的熏陶始终保持虔诚和开悟，才能在艺术的金色大厅为自己留住一个雅座。

小路数曲弹罢，那嘈嘈切切的优美旋律却依然回味在我的心头。她放下琵琶对我说，她的学生，也就是那个小女孩，即将面临琵琶等级考试，不得不在这个临近假期的时候，找她玩儿命地突击苦练。其实这女孩已练得颇有章法了，却始终存在瓶颈，她也不明白那个梗在哪。

我不由地轻叹了一口气。

艺无捷径，技戒机巧。《文心雕龙》曰："人禀七情，应物斯感；感物吟志，莫非自然""操千曲而后晓声，观千剑而后识器"。当孩子的艺术天性被物质和功利束缚，又怎能达出神入化之境呢？

精神世界的天空，永远比物质世界的屋顶高得多。只可惜，人们总爱困守在物质世界的屋子里，不肯花工夫搭建一架上达天空的梯子。

艺术家需要一种自在无求的心性，方能达己达人，真正抵达精神世界的天空。譬如弹哭白乐天的琵琶女，譬如听醉了我的小路。

或许多年以后，我的"琵琶行"便沦入琐碎的日常不见了踪影，或者被变老的世故稀释得没有了感觉，但我依然愿意做民族音乐一生的忠实听众。艺术的门票有价，艺术的营养无价。品质高雅的艺术能让人的心灵变得干净、澄澈；心灵之窗通透了，人生之路也就通达了。

弓道的节奏

八月的骄阳，烧烤如火炭。烈日下的一切都像是在作残喘，驮货老马的那种残喘。

户外待着遭罪，朋友推荐我去 Jackman 弓社射箭。其实我以前在朋友开的农家乐射过箭，但正儿八经地进到场馆里射箭，似乎还是大姑娘上轿头一回。

"会挽雕弓如满月，西北望，射天狼。"我自然比不得东坡居士"聊发少年狂"那般的豪放，只是逸兴玩上一把，射的倒也不是箭了，而是寡淡生活里的一缕亮色；更何况我平素缺乏锻炼，此时正好邀上三五好友去射上一回，自然也能强身健体放松心情。于是我在微信上建了群，约上老朱和阿彬顶着大太阳便去了。

Jackman 弓社设在杭州经纬国际创意产业园，就在著名作家、鲁迅文学奖得主陆春祥先生的工作室对面。这家弓道社不大，木结构的屋子，带着些上古魔幻风格，像是林中精灵的乐园。在中间的一排射箭位，几位学员正在专心练习，不时射出的箭像是划过的流星般飒沓。看情景还未轮到我们，便和朋友点了几盏茶，坐在旁边的沙发上边饮边候场。

木墙上张挂着不少学员习艺的照片，按照成绩的高低有序排列。墙上的玻璃柜里陈列着各式叫不上名来的弓。轻柔的音乐流淌在吧台周围，老唱片的节奏倾泻在岁月的记忆里，听着听着时间也仿佛慢下来了。老友重逢，聊起大学生活的种种，老电影般的片段在脑海里回放。正当我们谈兴渐浓之时，一位女性教练过来招呼我们了。

在她的带领下，我们上了靶场。她为我们每人都戴上了牛皮护臂、护指，并让我们站在离靶心十米远的区域，侧身面对靶心站立，双脚与肩同宽。

"用左手拿起弓，右手把箭搭在箭台上。这边的羽毛有一根颜色是不同的，叫作主羽。把它面向自己的一侧，尾槽扣在弦上。"教练做了示范，那箭便稳稳妥妥地扣在了箭扣上。"你看，当箭扣在箭扣上以后，即使倒着也不会掉下来。"她把弓颠倒了过来，那箭果真岿然不动，倒像是真汉子身处逆境而不易其志。

"千万记得不要拉空弓，不然容易造成弓体的断裂伤到人。"

我们频频点头。

她让我抬起弓，将右手食指扣在箭尾上方，中指和无名指扣在下方，满弓拉起至下颚。此刻此际，我便觉着身子也成了一把弓，绷得紧紧的，就像是齿轮和履带啮合，只待开机转动。那箭直指靶心，就在我放手的那一刻，像是流星飞向时光隧道的尽头。

它牢牢地扎在靶子上，在靶子的边缘；只是这一小小的成就，便足以令我欣忭了。继续一箭一箭射着，总是把最牛的一箭寄托在下一箭上，祈祷着奇迹的出现。可是事与愿违，射的多为废箭。教练见状点拨道，你的毛病出在不够自信，出手犹豫。

老朱倒是出箭极快，支支都是流星镖。阿彬的姿势甚为标准，人弓一体。我们射了一轮，上前去拔箭时，却发现不少箭支不是射偏就是脱靶，最离谱的竟射到了别的靶位上，而射在中心红色区域的不过寥寥。我们都不好意思地笑了。

"你没有拉满弓，太过心急，出手仓促。"教练为老朱给出评语。

"你瞄得不准，得用力大些。"教练又给了阿彬一个建议。

教练最后为我们传授"射术"："射箭需要把握好节奏感，讲究的是慢而静地瞄准、快而准地施放。"

我们很快便射完了三轮，只觉得肩头开始有了酸痛的反应。

把射箭当作娱乐的我们，自然是毫无压力地随性而射，但是以前看那些运动员在赛场上，真不知承受了多少压力。就拿美国射击名将埃蒙斯说事，这老埃数度痛失奥运金牌，北京奥运会那次他甚至犯下和我们一样的业余错误——把子弹打到了别人的靶子上，将唾手可得的金牌"拱手相让"给了中国选手。虽然说，他的压力是由竞技运动本身的残酷性带来的，但也与他缺乏足够的自信、心理脆弱到无法抵挡外部压力和干扰的碾压不无关系。

据说，日本弓道要求射手心中有道，身、心、弓一体，练弓即是练心，体现了对高尚品德的一种追求。而中国传统文化中则有"射礼"一说，代表着对礼仪文化的崇尚。据传，孔子的学生子路是个神射手，身材魁梧，百步穿杨。可孔子给他上的第一课便是射箭。那子路并不服气，自己都已经是神射手了，怎么还要学射箭？只见孔子搭弓上箭，全身岿然不动。一刻，两刻，过了三刻依然稳如泰山，左臂犹如车前栻木般坚挺。子路方才领悟了孔老师的弓道境界。

不显山不露水，弓箭里自有乾坤大道存焉。射箭的艺术，在于善于平衡静与动、快与慢、收与放、力与美、稳与准的关系，挽弓射出流畅的节奏感。其实，人生的艺术何尝不是在于活出一种平衡的节奏感，静如弓，动如箭，不把自己捆绑在一种状态上、固化在一个节奏上。既可一击制胜，又可引弓待发；既可飞矢流星，又可稳坐如钟；既可戎装策马，又可饮宴作诗，在谈笑之间阅尽人间春色，直取梦想之的。

这是一种节奏的平仄、节奏的机巧、节奏的魅力。这是人生的行走姿势，也是职场的生存王道。

如今，生活在城市的森林中，如弓箭般有韵律的节奏，似乎越来越难以企求了——汲汲营营的奔波，只进不退的竞争，毒药般的加班，陀螺样的忙碌。人们一个个上紧了发条，都把自己想象成"战狼"，声嘶力竭，火箭般射出，全然不理会古人"强弩之末，势不能穿鲁缟"的忠告。失序的节奏感早已覆盖了生命的绿洲，生命的猝然离去痛陈了节奏感的失序。如果说，我们的心里住着一个渴望自由的精灵，那么它似乎已在困守中沉沉睡去，唯余满月照雕弓。但这并不是我们想要的一切。哪怕我们真有"西北望，射天狼"的豪情，也不该放弃"但愿人长久，千里共婵娟"的追求。

人生需要把握一张一弛的节奏，这是弓道的节奏，也是人生的节奏、心灵的节奏。

心香长燃

在东家 APP 上了看了阿紫的香道课。

阿紫自己做了古法合香手串,一串一串地,挂在她的小店里,极像她的心语。恬淡的药香隔着屏幕飘出来,落在我的鼻翼。

阿紫说,中国自古便是君子大国,喻君子以兰草。古人认为由香焚生的烟可通天际,将布帛、香柏木、六畜以燔燎之礼祭祀上天,将一年的情感传送天上神明,为来年祈福。她弹着琵琶,一点一点的淡雅从发丝间流露出来。

很难想象一个苏绣艺人,把香道也悟到了极致。艺术的领域本就是相通的,不变的始终是匠心和静气。

她告诉我,古时候的药材分为上药、中药和下药。下药是汤药,是身体已形成病垢医生开方之药。中药是古人平日里饮用的茶与单元素,而上药则是香料了。古人佩香,令身上每一寸毛孔都能吸收其中的养分,安抚身心,这便是上上药了。

胡兰成说,我只觉得她的人亦像这衣香里的华丽深藏。阿紫的课有一种深藏在里面,也许内秀不足以形容;只觉得馨香掩不住了,她把人生活成了一株香草。

多么美好的香草,像是人生的升华。读一卷离骚,江离,蕙芷，留夷——汲汲营营时沾上的尘土里悄然种下了她，与菡萏出污泥相若。年初的时候，自己买了些合香丸，小珠子般的大小，拿瓷质的电香炉熏蒸了，把房间涂上一层恬淡的颜色。曾经试过檀香线香，插在狮子形态的香插上，用火点了不久，便觉得头晕刺鼻。但电香炉熏香是极好的，烟尘味小，刺激性也小些。烤到上百摄氏度，那香味便透过熏球的缝隙弥散出来了，缓缓而升，继而四处游荡在我的屋子里。我的指尖上有她，我的衣裳上有她，她像雨后的清新感似的，无处不在。

看林瑞萱的香道美学，繁体的印刷字体恰到好处。沉香、檀香、甲香和着书香闻了，贯通整个胸腔。朱光潜说，要见出事物本身的美，须把它摆到适当的距离之外去看。这种距离本身是一种不争，也是一种超脱。身在门道里，更容易被门道本身所蒙蔽。林瑞萱从事茶道和香道二十多年，文字也带上了香味。不需要去渲染什么，只需要写出每一种香本身的特点，那种文字便自然让人有了体味，像是约翰·缪尔笔下的每一头鹿，写着写着，鹿的气息就来了。

这种魅力，必是一个在门道里摸爬滚打多年的人才做得到。可她偏又不讲门道里的东西，把门道打破了去让人看。

焚香沐浴，枕香而眠，多么美好的人生体验。古人的起居真的好过现在太多，顺应人体自然的节奏。学习香道，太多的东西可以放下。

东家匠人杜掌柜制凛松丸，每年的十一月底至第二年一月中旬亲自跑到大山里去，采了老山檀，合了阿曼绿乳、侧柏、松柏、薄荷、龙脑，一点点捣碎成粉末，按比例配制。有香粉尚且不够，还需要炼蜜，将生蜜上火熬成熟蜜，才能与香粉调和。原生态的石臼、石杵，捣着捣着，把大地的气息也捣进去了，把匠人的匠心也捣进去了。松香火气的语言，是森林的语言，也是万物的语言。香道的自然性在于调和，这是香与人之间的调和，也是与人体五行的调和。一壶茶，一炉香，坐庐松柏之间听涛，人生也就足矣。

他写了诗：

雪落闲行亭前坐，人间有味是凛松。

我在东家 APP 上看到这句话，一时间动容了，自己拿纸笔记了下来，再也忘却不掉。

好香，真的是要让人动容的。玄宗宠臣、唐相杨国忠做了"四香阁"，以沉香为阁、檀香木为杆，麝香、乳香糊墙，赏花游园。白居易晨起燃香，作诗怡情。鲜衣怒马的生命里，总须燃一炷香，平心静气。青烟袅袅而起的一瞬间，再多的烦恼也化作了虚无。以前看到过陈去非的一首小诗：

明窗延静昼，默坐消尘缘；

即将无限意，寓此一炷烟。

当时戒定慧，妙供均人天；

我岂不清友，于今心醒然。

炉烟袅孤碧，云缕霏数千；

悠然凌空去，缥缈随风还。

世事有过现，熏性无变迁；

应是水中月，波定还自圆。

读着读着，真是动容了，觉得这还是诗人么，简直把生活过成了一首诗。这世间再是纷繁芜杂，在香烟里都变成一种颜色。对着香，娉娉婷婷的烟雾里升起的是一瓣心香。要是有一种东西可以对着它看到自己的内心，我相信一定是香——为什么不呢？剪不断的三千烦恼丝，只消暗香一缕便穿透了，理顺了。

1939 年，60 岁的弘一法师，途经达埔汉口去到蓬壶普济寺静修时，忽然闻见一缕馨香，顿觉心神旷达，如入禅境。循香迹而行，偶遇一香坊，不知不觉中驻足合十："施主兴隆！佛珠尊荣！"便赠以香品九副，方才继续前行。香中自有指引，一个为香而醉的人，才是真正清醒的人。这世间有太多看不明白，在香里，什么都清晰了。

　　明香易灭，心香长燃。点一缕心香，世事也就明透了。想起阿紫的香，我能料定，一直点在她的心间。

胸中笔墨禅意出

年初的时候，幸得茶行的朋友赠我灵隐寺光泉法师的一幅字"金酉披祥"。法师的字笔力遒劲，拓在红纸上，更添三五分禅意。法师的字我是早有耳闻的，前一年尚在朋友的公司里见过一幅——那落款是"云林光泉"，而今年的落款则换成了"灵隐光泉书"。

听朋友介绍，灵隐寺已有逾 1700 年历史，历朝历代皆称"灵隐"，唯康熙一朝改名"云林"。谁知这皇上大笔一挥改名易，这民间黄口换称呼难。世人皆知"灵隐"而不闻"云林"。如今法师落款改回"灵隐光泉书"，自然是回归传统之意，将传统节日文化一笔带回。

我观那墨色走笔，游龙戏凤，一笔一画间，无不透出传统中原文化骨子里的一种精气神，更显灵隐寺独特的千年古韵。

其实说起来，这世间百态，不过是墨中一味。

大师悟透了，笔也终究是走透了。

前段时日自己学练瘦金体，临的是赵佶的《夏日诗帖》《千字文》。其实像我这样的初学者，书家本是不建议上手瘦金的；但是我独喜瘦金的凝练、清秀、简静、遒劲，练上几笔又有何妨？

生而为人，造物主不就是要让我们一撇一捺、把人做踏实么？

我倒是要感谢宋徽宗赵佶了，赵皇上在老百姓的嘴皮上当了千来年的亡国之君，却留下了瘦金体这一珍贵的非物质文化遗产。瘦金固瘦，却不失其血肉；收放的笔墨中透着一股独特的张力，似乎是天地间的巉岩苍松、寒梅劲竹。

书法这门艺术，你看写的是字，流露的却是书写者的内心。诚然，赵佶不是个好皇帝，却是个书法天才。他面对的是山河震荡、外患内忧，我是不信他的书法没有融入自己对家园兴衰的理解的。世人皆称赵佶软而不张，但你见他瘦金"如屈铁断金"，个性中必有血性的一面。只是他这血性来得毫无章法，几乎全用在了书画上，发泄完了也就"不见下文"。为了拿回"燕云十六州"，一拍脑袋联金击辽，却不想引狼入室，造下更大的祸患。

这经年累月，血性也就成了颓性，再想"净洗关中胡虏尘"，也只能是"隔江犹唱后庭花"了。

放错了位置的国君，注定将落得个悲剧下场。而瘦金却观历史而不语，仍然留在世人的眉间心头，成了千年不败的一笔财富。

练瘦金得挑选好的毛笔，羊毫不行，兔毫更不可，得用狼毫叶筋。狼毫笔硬度大，易于控制而不走墨，一笔下去根骨挺劲，两笔下去枝叶横生。刚开始的时候，我是用铅笔先在宣纸上打些格子的。像《夏日诗帖》这般，打格子也颇有讲究，不同的字大小本不相同：竖划长的，格子就得高挺；横划长的，格子就得宽扁。一幅《夏日诗帖》，大小字错落有致，相得益彰。你要是像方格稿纸那么写，反而韵味全无。

写字的魅力，就在于道法自然，讲求一种艺术韵味，阴阳调和，观照内心。我临了《夏日诗帖》，个别线条尚有些绵软无力，自知自己并非什么书家，聊以自娱而已。待临帖墨色干透，发了朋友圈"炫"了一把，未曾想许多朋友不明就里地点起了赞，我虚荣心爆表地窃喜一番，但也自知自己几斤几两，一笑置之。

我练上瘦金一月有余，便开始对笔画有了一些新的理解。什么字什么写法，颇有讲究。一般来说，横画宜轻，竖划宜重；撇画宜轻，捺划宜重。字不可左右对称，而应有所倚重，或侧左些，或侧右些，疏密轻重相间，乾坤阴阳暗生。

就像这个世界一般，若要是什么都是一模一样的花式，便少了多元化的精彩。这又有点儿像这段时日看的《花间提壶方大厨》剧里做菜，调和与搭配胜过原料本身。至于怎么调，怎么配，也并非千篇一律。在书写基本章法里头，得有书写者内心的塑造，既不可信马由缰，"辣椒配西瓜"；也不可墨守成规，"清水焯白菜"，而应该是一笔未走，心里早已禅定。

世间百态，俨俨然融入那墨色丹青之中。简单一笔扫墨，晕散出无穷的可能性。

瘦金体的魅力，就在于简单有致的线条中，融入万千的变化；仿佛天地间的一次呼吸，吐纳的是山高水远的气息。

过年的时候，我有幸拜访了我的书法家伯父——中国书法家协会会员、新昌书画院副院长俞国儿先生。他的工作室"醉墨堂"就在银行后边的宿舍楼里。还未及进门，便闻到了一股淡雅清新的墨香，令我想起我早年写过的一句歌词：

> 你说爱那墨香不褪，
>
> 北风吹泥都有余味。

自然是扯远了。但是那种若隐若现、似有还无的味道，确实是书友间最纯真的语言了。进了工作室，他让我来到墨案前。我见他所创作的过往作品，已在墨案两旁的凳子上堆叠了一人多高；墨案前的墙壁上，亦被他的创作激情喷溅得墨迹斑驳。

他听说我钟爱书法，如遇知音欣喜不已。他告诉我，书法这东西，重在爱好，贵在坚持。他让我提起毛笔，随意书写几个字来测试程度。我这心里是有些忐忑的：在书家面前写字，可不是班门弄斧么？

不过我也是豁出去了，为求得书家前辈指点，露怯献丑又有何妨？

我就手握羊毫蘸得墨汁，落笔前运足了气。其实我是想尝试下行书的，只不过一笔下去，连自己也笑了。

伯父倒是并没有笑，而是和我说，你虽灵气天赋有余，却沉淀积累不足。真正的书法大师并不是一蹴而就无师自通的世外高人，而是持之以恒以气养心的人中龙凤。

此时此刻，我的心其实没有真正静下来，意聚毫端。书法，是要真正融入情感、气韵和内心语言的。

我想起光泉法师的字，可不就是内心禅定的流露么？

就在这间并不起眼的工作室里，伯父苦练了数十个春秋。练得多了，练出了一种"不以物喜，不以己悲"的心态，即使眼前无纸，也能浮现一幅笔墨丹青。

他提起了笔，凝神片刻，那管毛笔像是武师手中驯顺极了的六脉神剑龙飞凤舞起来。不消几分钟，我的眼前霎时出现了一幅美轮美奂的行书作品。走笔龙蛇，快马江湖，伯父仿佛成了在锦绣山河中穿行的徐霞客，"登黄山，天下无山，观止矣"。

我知道，他已进入了超然物外的境界。

那是真的悟透了、禅定了。以我的俗眼观之，光泉法师做到的，他做到了；赵佶做不到留待后世去做的，他也大抵做到了。

这，才是真正的书家和书法艺术。

热烈的鼓

已说不清多久没听鼓声了，近日重又回味它的雄壮、奔放和激越。

鼓声是一种热烈的语言。

它热烈得像一个浓情的吻，仿佛天地就在它的簇拥中，萌动，激荡。

要怎么形容这种力量？仅仅靠着一根筷子长短的槌和一层薄如蝉翼的皮，擂击、震动、回荡，就能把鼓的语言毫无保留地传递到人们的耳鼓中乃至灵魂深处，就像初生的婴儿在襁褓中的一声啼哭，融化了多少颗翘首以盼的心。它可以振聋发聩，像弹丸一样射到代表苍天的穹顶，冲撞，咆哮，把利令智昏的人狠狠地敲醒；它也可以激励人心，在龙舟赛上激扬，在绿茵场上嘶吼，挥发满腔的果敢之气。

一直觉得鼓和酒是有着共性的。酒能壮胆，鼓可壮心。

每每从播放器听到节奏感极强的鼓点，总是心潮澎湃。不由得停下笔，让思绪随着那一声声、一阵阵、一通通的鼓乐声，飘到玄远的天际。在鼓乐的伴随下，情绪总会增加一个层次。冷冽的变成温热的，温热的变成炽烈的。平素不敢写的文字一泻千里，平素不敢说的语言喷薄而出。古衙门放下个鸣冤鼓，必也是有此种效果的，鼓声一响，大可滔滔陈情；升堂鼓再一响，牛鬼蛇神，魑魅魍魉，统统退避三舍。

越来越爱听带鼓声的乐曲。没有那种节奏感强烈的声音，便觉日子太过平静、平淡，或者平凡。

随风而去的时光需要一些涟漪，才会变得精彩纷呈。可以一个人在古寺里击鼓，一个人在楼台前听鼓，看远山一黛，赏秀娥一眉，让时光跟着鼓点老去。

也可以什么都不做，静静地听着远山传来的钟鼓声。它总是撩拨着我的情思，像一个相伴多年的恋人，喃喃絮语，低回缱绻。生活有时不免寡淡而寂寥，而鼓声，却是一样的充盈厚实。这种充盈、厚实仿佛让人经历了一生似的，有着无数的故事，娓娓道来。与鼓相对倾谈着，心也就不再冷寂了，带上了暖洋洋的感觉，在冬日里格外地舒爽。

所以，我爱着鼓这一碗"酒"呀。暖心的，丰沛的，回肠荡气的。我不必去饮醉，只消品上一口性烈味醇的鼓乐，就欣然陶醉了。给人生一些鼓点，便不至活得太过凡俗。健身、音乐、旅行、插花，都是极好的。

有时候，灵魂也需要一些鼓点，让那些日渐清寒的心灵重新焕发生机。这就是一种激励吧。

鼓声是一种喜庆的语言。

或捷报传来，或嘉宾临门，或庆丰贺节。当人们沉浸在情感沸腾的美好时光之中，语言就显得苍白无力了。击鼓鸣锣，最是合宜，是对内心喜悦之情的集中释放和酣畅表达。这时候的镜像，是人鼓一体、声情并茂的。辛弃疾的"笳鼓归来，举鞭问，何如诸葛"，陆放翁的"箫鼓追随春社近，衣冠简朴古风存"，说的都是人在高光时刻对鼓的借用巧用妙用。这样敲出来的鼓声，自然是欢快的，它的欢快其实就是人心的欢快。

喜庆的鼓声，是能鼓舞士气、鼓起斗志的。但如若沉迷于此，却也难免消磨意志、乐极生悲了。鼓乐盛极一时、鼓诗红遍朝野的唐宋二朝最后走向衰亡，不能不说是一个历史的遗恨。

凡事皆有度，鼓是如此，人是如此，一个时代更是如此。不可不察，不可不省。

鼓声也是一种智慧的语言。

传说黄帝身边有个叫常先的大臣，一次杀了头野牛，把剥下的牛皮随手扔在一只中空的木桩上。谁知那野牛皮经久曝晒，变得紧实起来，竟把木桩裹得紧紧的。一个叫贾齐的路人好奇地一拍，那牛皮竟发出清脆悦耳的声音，引起了常先的注意，这才有了鼓的诞生。生活中不经意的创造，成就了惊世的传奇。就像牛顿之于万有引力、弗莱明之于青霉素。

这鼓注定是带着智慧出生的。没有一双智慧的眼睛，就没有鼓的问世；没有鼓，这世界就少了一颗跃动的灵魂。

僧人把鼓的智慧融入禅修中，把鼓的警醒留在入定里。晨钟暮鼓，黄卷青灯；闻钟而起，闻鼓而眠。僧人用斋饭，击斋鼓；沐浴时，击浴鼓。鼓上自有一朵盛开的白莲花，慈慧而纯洁，出淤泥而不染，濯清涟而不妖。鼓声一起，激浊扬清，仿佛天地间只留下这清灵的顿悟，在佛陀的座下点化众生。

鼓的发明是智慧的产物，而击鼓的技法更是智慧的结晶。威风锣鼓、阴阳鼓、架子鼓、腰鼓，不同的鼓有着不同的击奏技法。以架子鼓为例，击奏时不能死打，还须敲出阴阳鼓的效果，拍钹时敲鼓的前沿，打锣时敲鼓心，这样听起来才有轻重缓急的节奏感和层次感，音响丰富，悦耳动听。敲鼓，不同的音符敲法也不尽相同，威风锣鼓便很有一套讲究。如俗称"一点子"的四分音符，用单槌则右手打，用双槌左右手同时打；俗称"二点子"的八分音符须右手先后均匀地各打一下。但不论什么音符，都是右手打强拍，左手打弱拍。根据鼓谱的需要，那威风锣鼓还有不少花彩的敲法，以达到刚中见柔、威中传情的效果。

鼓的智慧，总是在不经意间展露着，在指尖上流淌的岁月里闪耀。鼓总是维持着最初的低调的奢华，不鸣则已，一鸣惊人。只有真正遇到懂它的人，它才始为之歌唱。像是一场繁盛的烟火，只为等待那一刻跨年敲响的钟声，等待那一场载入史册的盛典。人亦如鼓，适时的相遇相知，也是一种大智慧。在那对的时间遇上对的人，才值得彼此珍惜，即便将要面对生死寂灭，也毫无怨怼。早了，少一分缘；晚了，又多一分憾。只有那恰到好处的一个吻、一声呼唤、一曲歌唱，才值得花掉三生三世攒下的缘分。

曾去看过搞艺术的朋友搜集来的黑牛皮鼓。那皮紧紧地贴在鼓身上，用手轻轻敲击鼓面，便嘭嘭作响，响声穿云破雾，简直要把魂儿勾了去。朋友说，这皮得在太阳底下反复晾晒脱水，再手工一针针缝在鼓身，没有万千功夫与守候做不下来。晒得不够出不了声，晒得久了又容易开裂。三个月，最是恰到好处。恰到好处的爱，像沈复情定芸娘，像李清照邂逅赵明诚，像杨绛遇上钱锺书。这是鼓的智慧，也是繁华人世的爱的智慧。一旦爱上，便暮鼓晨钟，油盐酱醋，形影不离。

想起周国平的一句话，遇上了，你就像命中注定一样不能再放弃。

给彼此一些鼓点，才能感受那个人的心跳，读懂那个人的心思，给平淡的日子增添几分跃动的情趣。淡而无味的生活里，只是望着自己眼前的那片天无所事事，最是可惜、可叹。就像佛鼓专待有缘人，我始终相信婚姻或友谊是一场智慧的修行。

这就是鼓，一种充满禅意、情意和亲和力的乐器。我愿意把它的声音留在我的心窝里，采撷那一朵盛开的白莲花，献给灵魂比邻的她。

"胜天半子"

小时候与外公下象棋，他在棋盘那头，我在棋盘这头。

长大了发现人生是棋盘，他在海的那头，我在海的这头。

外公下象棋远近闻名，退休之后没事便邀上三五老友杀上一盘，寻点乐趣，消磨时光。老槐树下摆开了阵势，楚河汉界把俗世烦恼抛诸脑后。车二平六，马二退四……咒语般的棋语在他的口中念叨着，总是让人未及反应，便一招将死了对方，留下输家惊愕的表情。

张爱玲说，童年的一天一天，温暖而迟慢，正像老棉鞋里面，粉红绒里子上晒着的阳光。童年的我观棋不语，看他在棋盘上手起手落，伴着风声雨声听着棋子落下的声音。那时起我对象棋产生了兴趣，总是缠着他摆棋对弈，可即便他让我车马炮，我也无法取胜。我便恼了，嘟囔着嘴说再也不玩了，一个人躲到角落里生闷气。

他面带微笑地拍着我的肩膀，把一颗帅塞到我的手里。

饱读史书的他，意味深长地用了一句古语"三军可夺帅，匹夫不可夺志"来激励我。

于是，我发誓要打败他，凭自己的实力去打败他。表弟平日里象棋下得精熟，我便找了他，讨教棋招。他正是十岁左右的年纪，蓬勃得像一匹青骢马；他缜密的思维，像是圆蛛结下的网。双架炮、屏风马、连环马……别出机杼的技巧，攻守兼备的战法——棋力不凡的他，让人完全看不出来是一个十岁的孩童。我很是用心地学了一阵子，自以为棋力大长，便找了外公去搏杀"寻仇"。

可是他棋子落下的那一刻，我还是输了。以为可以打败他，却依然输得彻底。这盘棋，是注定要下一辈子了。

技艺再高，心里不静，也是枉然。

后来，我也是偶然听母亲说，外公棋下得好有一个秘诀，他把看来的、下过的经典棋局手记笔绘做成了厚厚一本棋谱，得空就研习揣摩。

他在棋盘上已经营了半生。手里的棋下在几十年的风雨人生里，早已成为了他生命的一部分。

他的一生过得不易，拉扯三个孩子成人，后又照顾身患绝症的外婆，他帮着外婆同病魔缠斗了多年，可相爱相守了大半辈子的她终究还是撒手走了。从此，他习惯了一个人的生活，一个人起居，一个人散步，一个人下棋，让日子流水一样在棋盘上淌过去。走过的路怎么走的，消逝的世界怎么消逝的，他都在心里装着。他自己编了家谱，厚厚的一本，又找老熟人画了老家的插图，分送给亲朋好友。有天我在阳台的矮桌上偶然看到了它，随手翻看了起来，家族的源流、世代的变迁、祖居的概况，都被他清晰地记载在了纸张泛黄的文字和手绘里。翻动的书页在海风的吹拂中响起老唱片般的声音。随时间渐渐远去的关于家族的回忆，他总想像棋谱一样，变成文字放在手边，记在心里，与岁月同老。

有一年我去看他，他一高兴，把家谱连同珍藏多年的棋谱都送给了我。他的世界总是如孩提般，老了容颜，却不失纯真。

我知道，他是真正的心静了，把人生这盘棋下活了。没有车，没有马，没有炮，没有花哨的技巧，简单不过的日常，在平凡中寻找下一步的活法。拆招、解招、杀招、绝招，人生的棋道里充满了无限的可能，他却始终葆有初心。

那天，趁暑假回乡探亲的母亲传来消息，外公得了老年痴呆症，一个人出门却再也找不到回家的路。他逮到路人便问，家在哪里，急得团团转。母亲去街上找到了他，见了他的模样，忍不住呜呜咽咽地流下泪来。外公真的老了，已经无法自主上洗手间，小便也得有人照顾着。那架熟悉的木制棋盘，已蒙上积尘，如同一本线装古籍——我知道年迈的他已经久未翻动它了。我见到他时，他几乎已经行动迟缓形容枯槁了，苍老的皮肤树皮一般，似乎一阵寒风吹来就会剥落，混浊的眼里含着淡淡的忧伤。

住院，打针，饮食起居，没有了老伴，子女不在身边的时候，我难以想象他是怎样生活的。

一个人守着那间老屋，守着陪伴了几十年的棋盘，多少会有孤雁落单的寂寞。

对他来说，世上本没有一路的顺遂，重要的是把一切都看顺遂了。

度过了一段灰暗的日子，在子女们的陪伴照料下，他的病情竟神奇地渐渐好转了——虽然是蒲公英绒毛似的轻微。他可以试着走到离家不远的地方，一个人慢慢找回来。我给他打了电话。他问我，家谱和棋谱还在吗？我说在，他就像个孩子般笑了。

我去看他的时候，在五斗橱上找到了他心爱的棋盘，拂去尘灰，楚界汉河清晰如初。童年的时光复现记忆隧道，老电影般回放着十多年前祖孙俩力量悬殊的博弈。那时的他，头发未白，心亦未老。

我再一次与他执子对弈。当然，他已无法赢我了，但输赢已不重要，仿若赤松子与赤须子的一弈，烂柯已生，情缘宛在。

我知道，他在与时间博弈，想要把手中的棋，下到他合上眼睛的那一刻。

在规则的主宰下，纹秤的输赢取决于智慧、勇气和静气。人生兜兜转转，亦如一盘棋，不到最后落子的一刻，是不该轻言放弃的，像矫健小说《天局》里的"棋痴"那般把自己当棋子拼一拼，指不定就会有"胜天半子"的奇迹的发生呢。

这是我能送给外公的"棋谱"了。他在棋盘的这头，病魔在棋盘的那头。

下着这盘人生的棋，再精湛的棋艺也比不上他内心坚定的信念，我知道，他太想赢了。棋道始终存在他的心里边，发出遥远的回响。

枕古籍而眠

近日闲来翻阅《梦溪笔谈》，见其中一则记载甚是有趣：宋代馆阁之中所藏的图书净本有不少谬误之处，刮洗则伤纸，贴新纸又易脱落，用粉涂抹则难以覆盖原字，且须涂上很多遍。只有用成语"信口雌黄"中的"雌黄"（类似于雄黄，却是不同的矿物）——一种矿石涂料去涂抹，方能达到良好的修正效果。经过古人的不断试验，雌黄与铅粉混合能够点校书籍，故称校勘之事为"铅黄"。

你说这玩意不是古代的修正液么？我这才恍悟，修正液作为文具的历史是如此之悠久、"辈分"竟是如此之高。

其实，阅读古籍是十分有趣的一件事，能够发现许多不为人知的东西。这几年，我是越来越喜爱看古籍了，或者是讲古籍、野史的书籍。人们总觉得读历史枯燥，那是被教科书给误导了——许多有趣的历史不在教科书里，反而是在破书残简，甚至是一段小小的起居注里。读了方才明了，古人的智慧竟远远超出了我们的想象——仿若穿越到今的意味。以前酷爱阅读吴钩先生的书籍，他在《重新发现宋朝》一书里引用了大量的古籍知识，包括《东京梦华录》《梦粱录》等。他提到一个很有趣的现象：宋朝就有证券交易所了。原来，耐得翁在《都城纪胜》一书中提到了一种"交引铺"，商人可将手头的盐引、茶引、香药引、犀象引等向政府设办的榷货务（宋代管理贸易和税务的机构）纳入现钱，换取一张"交引"，然后可凭该交引到官方指定的地点换取茶、盐等物资。宋朝官府又针对边疆地区采取"折中法"，对粮草的交引进行估价，高于市场价部分称"虚引"，等于市场价部分称"实估"，而交引的交易价值就是由"虚引"和"实估"两部分组成——这"虚引"倒是像极了现在证券的溢价，你说神不神奇？

吴钩先生学识广博，不仅博通古籍，而且写作深入浅出、春秋笔法。他甚至参阅古籍证明宋朝已经出现了"春节联欢晚会""报纸""广告"等今天我们习以为常的物事，让人读着觉得十分有趣。读了方才知晓宋朝的经济社会发展程度竟然达到了相当高的水平——既有照顾幼儿、类似孤儿院的"慈幼局"，又有收容鳏寡老人、类似福利院的"福田院"，那完完全全是个"小康社会"啊。

历史是不是在纸上穿越了？

细细想来，这些知识哪些不是来自古籍旧典？哪些不是"纸上得来终觉浅，绝知此事要躬行"？

参阅古籍，真是要有一点治学精神、下一番苦功的，绝非一朝一夕唾手可得。记得去年刚刚推出微信公众号的时候，我阅读了不少古籍——刘义庆的《世说新语》、陈继儒的《小窗幽记》等等，那可真是一点一滴地积累起来的。我在公众号《一代枭主吕后，竟然死于狂犬病》一文中提到，王充《论衡·死伪篇》载："吕后出，见苍犬，噬其左腋，怪而卜之，赵王如意为祟，遂病腋伤，不愈而死。"意思是说，吕后在出门的时候不幸被路边突然蹿出来的一只恶犬所伤，刚好那只犬是带了狂犬病病毒的，可那时候没有狂犬病疫苗呀，吕后大人也就拍拍屁股走人了，不料病毒"不抛弃，不放弃"，发作起来让她一命归了西。不仅《论衡·死伪篇》有此记载，《汉书·五行志》中也有类似笔墨。

说实话，光看古籍那可是很费劲的事，最好是有译注本；再不然，评古籍的书其实也不错。我倒是很佩服那些静得下心来研究古籍的学问家，譬如陈寅恪、杜君立诸先生。近几年我也颇爱看轻松说史类的书籍，譬如森林鹿的《唐朝定居指南》、侯虹斌的《活在汉朝不容易》等等。其实常人读个新鲜有趣，却并不了解他们的著述建立在对大量的历史古籍研究之上——那是真正需要心血的。诸如《历史的细节》一书的作者杜君立先生，他从事过机修、电焊等工作，却坚持历史研究与写作的爱好，大量收集残简、史料、古籍来阅读，几乎到了废寝忘食的地步。从农民工转型为作家，他的血和汗真不是白费的。

记得我身边一位好友小虎，曾经花费三年时间征集临安昌化朱夷坞于民国三十年二月二十二日出版的《民族日报》。刚开始那藏家死守不卖，直到他告诉藏家他收集这个不是为了拍卖发财而是尽力保护那些在城市化进程中逐渐消亡的史料，对方才勉强松了口。如今，这份珍贵的史料被他安排在临安图书馆进行了展出，乡土历史的神秘面纱逐渐在世人面前徐徐揭开。在今年"七七卢沟桥事变"纪念日，这场展出为山区的孩子们普及了历史知识，提醒他们勿忘历史、奋发学习。这种对史料、古籍的发掘和利用，变"死资料"为"活教材"，既是对先人的致敬和告慰，也是对历史的尊重和传承。

古籍、史料的珍贵之处就在于时间无法褪去它们的精华，反而让它们历久弥新。那种穿越千百年的语言，就是今人和古人沟通对话的最直接、最优雅、最酣畅淋漓的方式了，仿佛就如一场逼真的历史情景剧，真真切切地展现在了我们面前。史料也许是孤独的，却也是可爱的。它们可爱得正像一群天真无邪的孩子，见到它们时，让人充满了欣喜怜爱之情，想要轻轻抚摸它们。这种感觉，无法言说，却又铭心刻骨。

张謇曾在《古越藏书楼记》中说"不读古籍，无从考政治学术之沿革；不得今籍，无从借鉴变通之途径"。读古籍即是鉴史训、法先圣、明人心、树正气——谁说读古籍、史料是无用之功？

我曾在著名作家、鲁迅文学奖得主陆春祥先生的工作室里见到过大量的古籍出版物——那成排的古书就像是整装待发的士兵，为他的文字的攻城略地注入了不竭的动力。设若没有经年的历史积淀，又何以能够如他这般激扬文字、指点江山？读他的大著《病了的字母》《笔记的笔记》《袖中锦》，仿佛是在阅读上下五千年的卷轴，他将卷帙浩繁的文字，化作了笔下的三两繁花。他大量引用古籍故事，令我印象最深的，是在清代文学家钮琇的《觚续编》中提到的一只拍马屁的老虎。这老虎抓来一个村民却不食用，战战兢兢地藏起来献给一头怪兽，怪兽不喜欢吃，结果反倒让村民捡回了一条命。这个段子被他借古喻今用来讽刺当下的马屁现象，始信他的史学功底之深厚。我相信，没有对古籍的咀嚼消化，是写不出这样富有感染力的文字的。正所谓："书痴者文必工，艺痴者技必良。"

古籍不古，古籍不孤，一定还会发出璀璨夺目的光彩，让人愈益感到那穿越千年的魅力。

枕古籍而眠，胸中装个古人，明天醒来，笔下也许就见着古意了。

后记：素手调艺贵在调心

书名中的"艺"，可以很雅，也可以很俗。

艺术，可以登上大雅之堂、象牙之塔，譬如歌剧、诗歌、音乐、绘画、弈棋、插花等门类，像是际逢牡丹花会，需要穿着西装旗袍款款登场；艺术，也可以沉潜到街坊市肆、田间地垄，譬如木雕、石雕、铜雕、泥塑、扇画、糖画、剪纸、戗菜刀等五行八作，又像是闲逛夜市庙会，只须披件粗布衣裳就能细细观赏。

艺术，可以是一个民族、一个时代的文化制高点；艺术，有时候却仅仅是聊以养家糊口、赖以生存的一门技艺。登上大雅之堂的创作，固然值得崇仰；但遗落民间濒临失传的独创技艺，作为民族文化的"活化石"，更值得世人挖掘和传承。段成式在《酉阳杂俎》里记载，一位范山人会一种"水画"的技艺——可用蘸了颜料的笔在水面上纵情挥毫。两天后，用四幅细绢在水面上拓印，古松怪石、人物屋木无一不备，惟妙惟肖。据说范山人所用的颜料，是用不易沉入水中的特殊原料制成的。这"水画"便是一种传统的民间技艺了，固然狂野不羁，却不失艺术魅力。说到底，艺术无论雅俗，都是人类文明和智慧的结晶，抑或是手创造的活态文化。

本书收录的，是我近年来对于艺术或技艺走访探究的见闻实录和点滴思考。书中篇什所涉猎的，既有琴、棋、书、画等"大众艺术"，更有制壶、熔铜、酿酱、雕刻等被称之为非物质文化遗产的民间"小众技艺"，更偏重于记述后者。杂沓如斯，却皆是个人体验或面访采风得来，或通过展现手工制作技艺来揭示非遗"不道人间巧已多"，或通过亲身艺术体验感悟"人间有味是清欢"，力求避免纸上谈兵。无论是亲手制作碗花、绘制扇画、雕刻核桃，还是访谈朱炳仁、林如奎、张心荣、吴小莉、王莺、董一言等民间艺术家，皆身体力行，有所憬悟。这些艺术大师或非遗传承人，并不倨艺自傲，也不求锦衣玉食，只是为了传承艺术的理想和追求而躬耕不辍。蛋雕艺人董一言，至今勉强维持温饱，即便与家人扞格，也无怨无悔。"乐漫土"创始人吴小莉，几十年如一日，收留、教授残障少年泥塑技艺，捧出爱心为残障孩子创造未来。这些孩子有的甚至没有生活自理能力，她却依然视如己出。这些民间艺术家，一旦选择坚守，便不曾放弃，呕心沥血，甘之如饴。他们的作品无一例外被打造成了"虽由人作，宛若天开"的艺术精品。这种近乎虔诚的执守，始自初心，工于匠心，成于恒心，早已超越了他们的本心，推动着中国民间传统文化的瓜瓞延绵。然而近年来，人心的浮躁渐渐代替沉潜，老一辈艺人随着岁月的流逝垂垂老去，非遗技艺乏人问津断代严重，眼看逐渐风干成一块块老腊肉。民间艺术的土壤亟待后继者开垦、浇灌和培育。代际传承，是民间艺术振兴的根脉所系。

在写作手法上，我大致分为两个维度：一方面通过阅读历史、探寻源流，沿着文化脉络来梳理传统艺术和非遗技艺的前世今生；另一方面则通过实操体验、格物致知，挖掘民族文化艺术带给普罗大众的精神享受。或俗或雅，或文或野，尽可能全方位呈现它们的发展与传承。依我之见，民族文化艺术不应是养在深闺的娥眉粉黛，而应是邻家的风华少年，英姿勃发、生命力旺盛，能给大众带来高雅的审美情趣和艺术素养。如果一门艺术能够升华到让人心灵净化的境界，那无疑是伟大和不朽的。因此，我愿意为艺术发声，将它们华美、温润的一面向读者徐徐展示。

素手调艺，贵在调心。三百六十行，行行出状元。天下技艺如此之多，若非沉淀本心、静笃入禅，绝无可能创作出传世的大艺术大作品。丹纳在《艺术哲学》中指出："艺术家必须是生性孤独、好思、富有正义感的人。"艺术家的生命在于穷其一生将才艺灌注于艺术，用心用情用真爱在艺术殿堂里寻找灵感，赋予作品以灵魂，这需要一颗"物我两忘、精益求精"的匠心。所谓"精华在笔端，咫尺匠心难"。为文如是，从艺亦如是。没有硬核的匠心，安能有硬核的技艺，安能有硬核的作品？唐朝书法家怀素用芭蕉叶练字，终成狂草大家；王羲之潜心挥毫，馒头蘸墨果腹，练就一代书圣。书中的大师大匠乃至普通手艺人，也莫不是以间不容发的创作态度而成就了艺术人生。只是，如今流行做网红、赚快钱，人人恨不得打马疾驰一日千里，甘于沉潜者又有几人？而以非遗为代表的手创文化讲究的恰恰是净心静气、慢工细作，其传承面临重重困难和隐忧也就不难理解了。对中国传统文化和匠艺怀有虔敬之心的我们，有责任把爱说出来，把美展开来，为非遗的传承和保护鼓与呼，请让我们摒弃功利、放慢脚步，等待灵魂跟上。当然，抱残守缺吃老本，非遗或曰手创文化也会与大众渐行渐远，无可避免会成为下一个灭绝的"物种"。因此，传统艺术也需要革故鼎新、创新发展，以适应现代的审美观念和生活需求，与我们同臻于"相看两不厌"的境界；唯其如此，方可延续其生命力，使之成为支撑中华民族伟大复兴的软实力。

愿以我诚实而不成熟的慢生活文字与读者朋友分享。是为后记。